Textbook 3

Year 3

IBMYP

國際文憑中學項目

語言與文學

Language and Literature

董寧 編著

繁體版 | Traditional Character Version

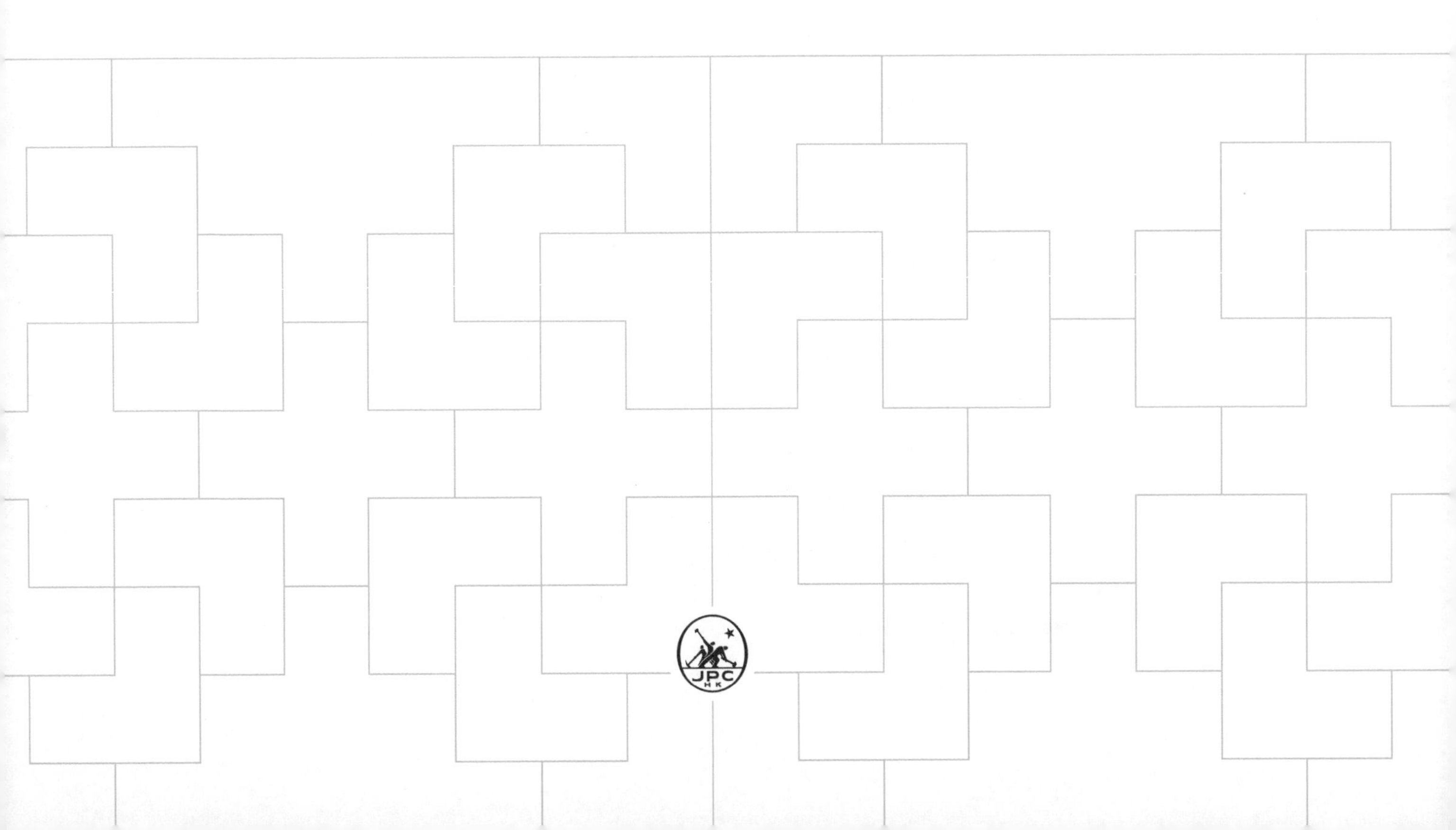

目錄

單元二　舞台呈現，演繹人生

前言

本教材依照《IBMYP 語言與文學指南（2014 年 9 月 / 2015 年 1 月啟用）》（下簡稱《指南》），專門為該課程的學生和教師編寫。本教材包括第一學年冊、第三學年冊和第五學年冊，分別對應 MYP 三個級別的評估標準，適合 MYP 1-5 年級的學習者使用。

本書特色

1. 規範的單元設計

以最能體現學科精髓的概念為核心，圍繞重要的思想觀點與相關概念組織單元教學。單元前設 MYP 五大要素（請見本書附贈電子資源），單元後附有自我反思。完整的單元學習，引導學生從理解課本知識入手，結合生活體驗掌握重要概念。

2. 明確的課目標題

改變以課文為中心的編排方式，突出學科知識與文體特點，為明確學生必須掌握的核心要義，提煉必須掌握的重點問題作為每課標題。圍繞重點問題組織課文講解，安排演練活動，保證單元教學概念突出、目標明確。

3. 均衡的課文選編

課文選編配合核心概念與相關概念，配合學科文體知識的理解掌握，配合創造與批判性思維能力的培養運用，配合交流溝通技巧的實際演練。選用符合真實生活、有助學以致用的多體裁文本，保證語言與文學教學相容並進。

4. 多元的教學實踐

涵蓋多元立體的教學內容，採用高科技多媒體教學手段，方便教師組織設計多樣的教學活動，滿足時代社會發展的需要，全方位培養學生的能力，提高學生的綜合素質。鼓勵學生利用各種媒介學用結合，提出問題，解決問題，有所創造。

使用建議

- 書中的單元順序可以靈活調換，老師們可根據實際教學情況和需要進行調整。
- 每個單元以概念和文體為核心，使用者可依據因材施教的原則更新或補充課文。
- 每個單元的學習一般為 8 到 10 週，使用者可根據各學校的時間安排延長或縮短。
- 老師在使用本教材進行教學與評估時，須以《指南》為參考。

本教材首兩冊自 2018 年出版以來，得到了讀者的好評。香港三聯書店的問卷調查結果顯示，使用者包括了海內外各類學校中文母語課程的教師和學生，也有許多自學中文的學生以及關心子女學習的家長。廣大讀者的積極反饋、熱切關注與敦促，是我們繼續努力的動力，編寫者和出版者對讀者一如既往的支持深表感謝。

本冊課本更加注重了對內容的精選與編排，希望藉由各類課文讓學生用有限的課時學習更多的語言文字的專業知識並同時瞭解相關的文史知識。經筆者多年的試用證實，這種點面結合的教材更符合當今學習者的需求，更能激發學習的興趣，開闊學習者的視野。

本教材得以順利出版發行，有賴於香港三聯書店的鼎力支持。特別感謝編輯鄭海檳、郭楊的傾盡心力、精益求精的專業指導，因為有了他們相伴，艱辛的工作變得充滿了樂趣。

董寧

2023 年 1 月於香港

本書附贈電子資源

請掃描二維碼或登錄網站查看：

jpchinese. org/ibmypa3

單元一

讀解鑒賞，分析品評

學習目標	課文
第一課　探索詩意世界的精妙神奇	
1.1 辨識詩歌的文體特點	《沙揚娜拉——贈日本女郎》
1.2 解讀詩歌意象的經營	《究竟怎麼一回事（節選）》
1.3 熟悉賞析詩歌的步驟	《紙船》
1.4 整體感知全方位鑒賞	《老馬》
第二課　解碼詩歌抒情寫意的奧秘	
2.1 意象須形色俱佳有美感	《雪花的快樂》
2.2 意象須含蓄隱曲意蘊深	《別丟掉》
2.3 意象鮮明對立感染力強	《相隔一層紙》
2.4 意象組合巧妙營造意境	《無題（相見時難別亦難）》
第三課　熟悉詩歌的表現手法	
3.1 欣賞詩歌的聯想想象	《天上的街市》
3.2 感受詩歌誇張的魅力	《蝶戀花・答李淑一》
3.3 識別詩歌的象徵寓意	《懸崖邊的樹》
3.4 領略詩歌的語言張力	《偶然》
第四課　提升鑒賞品味的表達能力	
4.1 由表及裏捕捉含蓄的美感	《我愛這土地》
4.2 欣賞節奏旋律和諧的樂感	《死水》
4.3 根據引導題確定賞評要點	《長相思》
4.4 聚焦新穎點開拓賞評思路	《月光光》
單元反思	

第一課　探索詩意世界的精妙神奇

1.1　辨識詩歌的文體特點

1.2　解讀詩歌意象的經營

1.3　熟悉賞析詩歌的步驟

1.4　整體感知全方位鑒賞

1.1 辨識詩歌的文體特點

參考資源

本課參考資源可掃二維碼或登錄網站查看：
jpchinese.org/ibmypa3

探究驅動

請試著用連線的方式將下面的詩詞類別與作品名稱配對。

詩詞類別
唐詩
宋詞
散曲
格律詩
現代新詩
朦朧詩
題畫詩
哲理詩

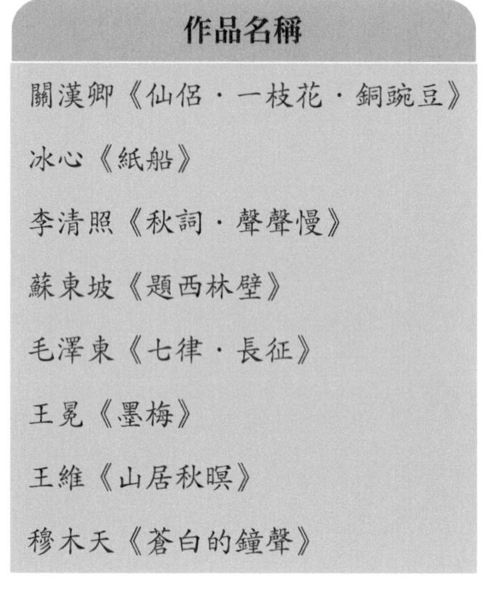

作品名稱
關漢卿《仙侶．一枝花．銅豌豆》
冰心《紙船》
李清照《秋詞．聲聲慢》
蘇東坡《題西林壁》
毛澤東《七律．長征》
王冕《墨梅》
王維《山居秋暝》
穆木天《蒼白的鐘聲》

講解

什麼是詩歌？詩是以極精準簡煉的文字、最巧妙優美的組合、最和諧的旋律節奏，來表達最深切寬廣的含意的一種文體形式。"詩歌是用最好的排列方式排列出最好的詞語表達出最深厚的情感。"

詩歌的文體特點決定了詩歌的藝術特性。詩歌要表現的內容可以是深刻無限的，但是詩歌的形式必須受到特殊的規範和限制；詩歌要抒發的情感是抽象廣泛的，但是抒發情感的手段必須是形象的、具體的。從表面看，詩歌在內容與形式、手段與目的之間存在著相互矛盾。

1. 詩歌是"有限"與"無限"的結合。有限指的是具體的詩句。詩歌的語言文字、篇幅是有限的，但是詩歌要表達的深刻的情感內涵往往是無限的，有限的詩句中蘊涵了無限的情思內涵。其次，詩歌中描寫的具體客觀的物、景、事總是有限的，而通過它們來表現的抽象主觀的情、思是無限的。

2. 詩歌是"有形"與"無形"的結合。詩歌必須以形象鮮明的各種意象營造意境，把無形、無量的主觀情感、深刻的思辨哲理，用恰到好處的意象、出乎人們意料的方式、誇張與寫實的藝術手法表達“弦外之音”。無論是敘事、寫人還是寫景、詠物的詩歌，都要藉助人們可感可知的、生動的形象表達出來。

3. 詩歌是“虛”（抽象）與“實”（形象）的結合。詩歌是想象力的展現，好的詩歌總是能藉助詩人的想象力做到“化實為虛”“化虛為實”。實，指的是人們可以把握的客觀事物、客觀的現實，是對客觀的形象描繪；虛，指的是通過聯想和想象而可能間接獲得的主觀的、精神情感方面的信息。詩歌中常見的寫景抒情，就是“化景物為情思”，產生以實生虛、虛實結合的效果。一些敘事詩則是採用了化虛為實，把抽象感情與哲理賦予具體而生動的故事、鮮明的形象，運用比喻、象徵等方式表達出來。言理的詩歌也要採用虛實相生的藝術手法，以含蓄、暗示、象徵的方式來表達對生活深刻、明白的理解，闡述人生的哲理。

以上三種矛盾的對立與統一，構成了詩歌藝術最突出的特點。

作家名片

徐志摩（1897–1931）
現代著名詩人

徐志摩，中國新詩的創立者及代表作家，在新詩的意境營造、節奏追求、語言形式等方面有重要貢獻。徐志摩的詩歌體現了對自由的熱愛和對美的追求。代表作有詩歌《再別康橋》《翡冷翠的一夜》，散文集《落葉》《巴黎的鱗爪》等。

作品檔案

《沙揚娜拉——贈日本女郎》一詩是徐志摩1924年5月在陪泰戈爾訪日期間創作的。原作是一首18個小節的長詩，收入1925年8月版的《志摩的詩》。再版時，詩人刪掉了前17個小節，僅留此最後一節，題作《沙揚娜拉——贈日本女郎》。這首送別詩是徐志摩抒情詩的代表之作。

課文

沙揚娜拉[1]
——贈日本女郎

徐志摩

最是那一低頭的溫柔，
像一朵水蓮花不勝涼風的嬌羞，

[1] 沙揚娜拉：日語“再見”的音譯。

道一聲珍重，道一聲珍重，

那一聲珍重裏有蜜甜[2]的憂愁——

沙揚娜拉！

❷ 蜜甜：同甜蜜，形容親熱而令人愉快。

課文分析

這首詩只用了寥寥數語，就十分微妙而逼真地勾勒出一個送別的場面，僅藉對女郎動作形態的刻畫，就把人物內心複雜的活動和情感的起伏波瀾展現出來。讀者從字裏行間能看見女郎的神態舉止，能聽到依依不捨的道別話語，能聯想到人物的優雅美麗，更能想象出人物內心纏綿的情意。短短五句，48 個字，全面體現了新詩的音美、形美、情美，突出了新詩文體的藝術特色。

分析解讀這首小詩，要細細領悟，從多方面入手，找出或發現詩人如何將無形、無量的情感，用恰到好處的意象、出人意料的結構方式、寫實與虛構結合的藝術手法表達“弦外之音”。本詩創作實現了三種矛盾的對立統一，成為一首具有獨特審美特色的詩歌精品。

1.“有限”的內容與“無限”的意蘊相結合。《沙揚娜拉》這首詩篇幅短小，詩歌中描寫的具體的人、物、景、事是有限的，只是一個片段，一個場景，但詩歌要表達的情感內涵是無限的，在有限的詩句中蘊涵了無限的情思。詩人以極其簡練的筆法，給讀者留下較大的想象空間，實現了有限與無限的藝術結合。

2.“有形”的形象與“無形”的情感相結合。“一低頭”，一個欲言又止的舉止動作，勾畫出一個可見可感的生動形象；一個比喻“像一朵水蓮花不勝涼風的嬌羞”，呈現出水蓮花在涼風吹拂下的顫動的形象，表達出無形的“溫柔”和“嬌羞”；“道一聲珍重，道一聲珍重”一句重複著的、殷殷叮嚀的道別話語的聲音，渲染了一種可聽可感的韻味；用味覺“蜜甜”來形容“憂愁”，突出了內心情感的複雜，把無形的感覺變得具象。嬌羞變成了涼風中水蓮花的形象，憂愁變成了甜蜜的味道。

3.“虛”與“實”，真實情景與想象情景相結合。實，指的是我們從字裏行間可以看到、聽到的真實情景；虛，指的是我們通過聯想和想象獲得想象中的情景。從這首詩中我們看到了這位女郎的體態舉止，進而聯想和想象到了女郎的柔媚風致、嫻靜純美；我們聽到了這位女郎深情的囑咐，進而聯想和想象到了女郎不捨得離別的痛楚，以及內心的孤單淒涼。這首詩用客觀的描寫喚起讀者主觀的聯想與想象，忽而實寫，忽而想象，虛實相間，讓讀者感受到了那種別離的不捨與憂傷，美不勝收。

“不勝涼風”飽含了一種憐惜疼愛的情感，最後一句“沙揚娜拉”，是深情的呼喚，也是美好的祝願，不僅是點題，而且通過這情誼複雜的語調給讀者留下了巨大的想象空間，言辭簡單卻韻味無窮。

這首小詩的文字選用、句子的排列組合、語調、語氣以及旋律節奏，都突出了“詩歌是用最好的方式表達出最深厚的情感”的特點，從而喚起了讀者的情緒。這種情緒令讀者沉浸其中，更為深切地領悟詩歌的情感。

小提示

詩歌的語調可以是生氣的、開心的、愉悦的等等，不同的語調可以將詩人或主人公的觀點、情感傳達給讀者。詩歌的語調與語氣營造出詩歌的氣氛和情緒，可以是悲哀的，也可以是明亮、歡快或者溫馨的。一般來說，語調與情緒氣氛是一致的。這首詩歌的語調親切婉轉又略帶傷感，真的是蜜甜而又憂愁。

練習

1. 課堂活動

(1) 閱讀詩歌，確定你應該使用哪種語調和語氣來朗讀作品。

(2) 小組表演，輪流朗讀這首詩歌，並錄音。

(3) 討論哪種語氣和語調最適合，說說為什麼。

(4) 說說詩歌使用了什麼方法創造出這樣一種特殊的語氣和語調。

2. 用一幅畫或者一段語言描述一下你從詩中看到的場面與景象。

3. 你如何理解詩歌是一種“有限”與“無限”的矛盾對立統一的藝術？請舉例説明。

小提示

欣賞詩歌的語調和氣氛是通過什麼創造出來的，可以從下面幾個方面體察：

- 聲音的強與弱
- 節奏的快與慢
- 詩人選用的字詞
- 句子的長短
- 停頓與斷句
- 標點符號

4. 請填寫下面的內容，作為讀者你從《沙揚娜拉》這首詩中：

看到了什麼？	
聽到了什麼？	
聯想和想象到了什麼？	
感受領悟到了什麼？	

5. 寫出兩個詩歌中的意象，並用你自己的語言詮釋每個意象的意思。

意象 1：

你的詮釋：

意象 2：

你的詮釋：

6. 探究與思考

（1）“最是那”這幾個字的意思是什麼？作者為什麼在這裏使用這幾個字？

（2）第 2 行“不勝涼風”一詞，作者寫出了一種什麼樣的情景？請用你自己的語言解釋這是什麼意思，並談談你是如何理解的。

（3）“那一聲珍重裏有蜜甜的憂愁”一句中作者運用了什麼手法？你可以從中感受到什麼？

7. 根據這首詩歌，說說你認為詩歌有哪些突出的文體特點。（可以與你所熟悉的散文和小說文體相比較）請用一段話加以概括。

1.2 解讀詩歌意象的經營

參考資源

本課參考資源可掃二維碼或登錄網站查看：jpchinese.org/ibmypa3

探究驅動

閱讀下面的詩句，辨析兩句中的“蠟燭”有什麼含義。

詩人用了什麼手法描寫？寄託了什麼樣的感情？你是如何看到的？

蠟燭有心還惜別，
替人垂淚到天明。
（杜牧《贈別》二首其二）

春蠶到死絲方盡，
蠟炬成灰淚始乾。
（李商隱《無題·相見時難別亦難》）

講解

詩歌是用來抒情的，詩歌的情感越濃厚、越強烈，詩歌作品就越具有藝術的魅力。但是情感不能直言相告，不能直著嗓子喊出來。詩歌抒情有章可循，從古至今詩歌抒情已經形成了規律，那就是詩歌借意象來構建意境，表情達意。“意”是主觀的認識，“象”是客觀的事物，“象”可感可覺，才使“意”呈現出來。作者選用恰當的意象，用意象營造出情景交融的意境，使讀者看到情景交融的畫面，聽到有節奏的韻律聲調，感受其中蘊含的特殊氣氛，產生強烈的情緒共鳴，進入一個激動人心的藝術世界。

從這個意義上說，詩歌的創作可以看成是詩人依據想要表達的情感對意象進行選擇與經營的過程；詩歌的解讀也應該被理解為讀者對詩歌意象詮釋賞析的過程。因此，在閱讀詩歌時，我們要特別關注兩個層面：一是詩人如何精心選擇、策劃，將意象展露出來；二是詩人如何苦心經營，將所要抒發的情意巧妙地隱含起來，從而達到意在言外、含蓄蘊藉的藝術效果。

作為讀者，我們必須瞭解“什麼是意象”“意象有什麼特點”“意象在詩歌創作中有什麼作用”，只有在解析意象的同時揭示出隱含的情義，才能真正理解詩歌。

作家名片

林徽因（1904—1955）
現代著名作家

林徽因，中國現代建築師、作家、新月派詩人。林徽因的著述很多，有散文、詩歌、小說、劇本、譯文和書信等，代表作有詩歌《你是人間的四月天》、小說《九十九度中》、詩集《林徽因詩集》（1985）等。

作品檔案

這篇文章發表在1939年《今日詩論》一卷六期。文章用了開首的一句話"寫詩究竟是怎麼一回事？"作標題，以詩意的語言生動形象地論述了詩人創作詩歌的規律與經驗，回答了寫詩究竟是怎麼一回事的問題。有人說，這是林徽因繼徐志摩之後發表的闡論浪漫派詩歌理論的一個重要文獻，被譽為現代詩歌創作理論的經典之作。

課文

究竟怎麼一回事（節選）

林徽因

我們根本早得承認詩是不能脫離象徵比喻而存在的。在詩裏情感必依附在意象上，求較具體的表現；意象則必須明晰地或沉著地，恰適地烘托情感，表徵含義。如果這還需要解釋，常識的，我們可以問：在一個意識的或直覺的，官感，情感，理智，同時並重的一個時候，要一兩句簡約的話來代表一堆重疊交錯的外象和內心情緒思想所發生的微妙的聯繫，而同時又不失卻原來情感的質素分量，是不是容易或可能的事？一個比喻或一種象徵在字面或事物上可以極簡單，而同時可以帶著字面事物以外的聲音顏色形狀，引起它們與其他事關係的聯想。這個辦法可以多方面地來輔助每句話確實的含義，而又加增官感情感理智每方面的刺激和滿足，道理甚為明顯。

無論什麼詩都從不會脫離過比喻象徵，或比喻象徵式的言語。詩中意象多不是尋常純客觀的意象。詩中的雲霞星宿，山川草木，常有人性的感情，同時內心人性的感觸反又變成外界的體象，雖簡明淺顯隱奧繁複各有不同的。但是詩雖不能缺乏比喻象徵，象徵比喻卻並不是詩。

詩的泉源，上面已說過，是意識與潛意識地融會交流錯綜的情感意象和概念所促成；無疑地，詩的表現必是一種形象情感思想合一的語言。但是這種語言，不能僅是語言，它又須是一種類似動作的表情，這種表情又不能只是表情，而須是一種理解概念的傳達。它同時須不斷傳譯情感，描寫現象詮釋感悟。它不是形體而須創造形體顏色；它是音聲，卻最多僅要留著長短節奏。最要緊地是按著疾徐高下，和有限的鏗鏘音調，依附著一串單獨或相聯的字義上邊；它須給直覺意識，情感理智，以整體的快愜。

因為相信詩是這樣繁難的一系列多方面條件的滿足，我們不能不懷疑到純淨意識的，理智的，或時以說是“技術”的創造——或所謂“工”之絕無能為。詩之所以發生，就不叫它作靈感的來臨，主要的亦在那一閃力量突如其來，或靈異的一剎那的“湊巧”，將所有繁複的“詩的因素”都齊集薈萃於一俄頃偶然的時間裏。所以詩的創造或完成，主要亦當在那靈異的，湊巧的，偶然的活動一部分屬意識，一部分屬直覺，更多一部分屬潛意識的，所謂“不以文而妙”的“妙”。理智情感，明晰隱晦都不失之過偏。意象瑰麗迷離，轉又樸實平淡，像是紛紛紜紜不知所從來，但飄忽中若有必然的緣素可尋，理解玄奧繁難，也像是紛紛紜紜莫明所以。但錯雜裏又是斑駁分明，情感穿插聯繫其中，若有若無，給草木氣候，給熱情顏色。一首好詩在一個會心的讀者前邊有時真會是一個奇跡！但是傷感流麗，鋪張的意象，塗飾的情感，用人工連綴起來，疏忽地看去，也未嘗不像是詩。故作玄奧淵博，顛倒意象，堆砌起重重理喻的詩，也可以赫然驚人一下。

課文分析

意象是詩歌區別於其他文學樣式的獨特呈現方式。這篇文章從詩歌創作的角度論述了詩歌的構思寫作與意象經營的關係。由於篇幅較長，我們只節選了其中的一部分作為本課課文。這一部分中，我們主要探索詩人所闡述的意象在詩歌寫作中佔有怎樣的地位與作用。

這篇課文主要有以下幾個方面的內容：

1. 突出強調詩歌的情感必須藉由意象來抒發："在詩裏情感必依附在意象上，求較具體的表現；意象則必須明晰地或沉著地，恰適地烘托情感，表徵含義。"

2. 具體解釋了什麼是詩歌的意象："詩中意象多不是尋常純客觀的意象。"

3. 提出詩歌的語言具有特殊要求："詩的表現必是一種形象情感思想合一的語言。"

4. 詩歌的創作是偶然與必然的結合，是理智與情感的合力，是平日的長期積累與一朝靈感爆發所得。

5. 好的意象由情真所致，非虛假連綴可得。

練習

1. 兩人一組，查找資料，瞭解作者林徽因的生平，説説看，她是一個怎樣的人？這篇文章的內容和她個人的經歷有什麼關係？以 PPT 的方式整理資料，並在班級分享。
2. 細讀課文，解釋下面句子的意思，可以和同伴討論，並做記錄。
   - 詩中意象多不是尋常純客觀的意象。詩中的雲霞星宿，山川草木，常有人性的感情，同時內心人性的感觸反又變成外界的體象，雖簡明淺顯隱奧繁複各有不同的。
   - 意象瑰麗迷離，轉又樸實平淡，像是紛紛紜紜不知所從來，但飄忽中若有必然的緣素可尋，理解玄奧繁難，也像是紛紛紜紜莫明所以。但錯雜裏又是斑駁分明，情感穿插聯繫其中，若有若無，給草木氣候，給熱情顏色。
   - 但是傷感流麗，鋪張的意象，塗飾的情感，用人工連綴起來，疏忽地看去，也未嘗不像是詩。故作玄奧淵博，顛倒意象，堆砌起重重理喻的詩，也可以赫然驚人一下。

3. 課文中作者認為情感與意象之間是什麼關係？請用自己的語言加以概括。

4. 課文中作者認為詩歌的意象應該是什麼樣的？什麼樣的意象是不可取的？請用自己的語言加以概括。

5. 從這篇文章中，你是否瞭解了詩歌是如何抒情表意的？在班級口頭分享。

6. 請歸納同學們的分享內容，加以整理，寫在下面。

7. 說說寫寫

（1）說說你對詩歌的看法，寫一個段落來描述你認為什麼是詩歌。

（2）和同伴比較並討論，看看你們對詩歌的看法與課文作者有何相同與不同。

1.3 熟悉賞析詩歌的步驟

參考資源

本課參考資源可掃二維碼或登錄網站查看：
jpchinese.org/ibmypa3

探究驅動

自我發現與判斷

你喜歡讀詩歌嗎？當面對一首從沒見過的詩歌作品的時候，不同的讀者會有不同的反應。根據自己平時的實際情況，選出適合自己的選項。

- ☐ 讀詩於我就像是玩一個遊戲，詩句中充滿樂趣，讓我展開想象的翅膀。
- ☐ 讀詩簡直就像是讓我猜字謎，需要花費很多的心思和精力來猜測意思。
- ☐ 讀詩對我來說無疑是一種高級的懲罰，字詞意象艱澀難懂，不知從何找出頭緒。

思考一下產生這種情況的主要原因有哪些，並和同學分享。

講解

很多同學感到詩歌欣賞有難度，無論是古典格律詩還是現代新詩，都有些讓人望而生畏。這是完全可以理解的。主要原因是：

1. 詩歌創作是一種非常個人化的方式，文字和意象都帶有主觀的情感和寓意。特別是在現代詩歌中，無論是抒情寫景還是敘事言理都可能出現大幅度的跳躍，在語句安排和意象選用上也會出現超常奇特的搭配，這些都給讀者的解讀增添了難度。

2. 解讀詩歌需要一定的知識儲備。一些古典詩歌距離今天的生活較遠，讀者解讀時必須藉助一些深入的研究，才可以完全理解一些詞語和涉及到的內容。這也增加了詩歌賞析的難度。

3. 解讀詩歌需要足夠的審美經驗。讀詩與寫詩一樣，功夫在詩外，需要對文學藝術的審美感覺和經驗。學習詩歌的解讀與賞析和學習解答數學題目不一樣，沒有一個神奇的解讀公式可以通用。

所幸的是，解讀詩歌並不是完全沒有任何規律可循。一般的步驟如下：

第一，細看詩歌的標題。詩歌的標題，是作者畫龍點睛之“睛”。絕大部分詩歌，可以從標題上判斷出所描寫的對象，讀者可以根據題目來揣測和揣摩詩歌中可能提供的信息，預測大致的內容，如詩歌所寫何人、何事、何時、何地，詩人想要傳達何種情感等等。

第二，辨析字詞的語義。詩歌的字詞具有兩重含義：字面義和暗含義。看詩歌，首先要理解字詞的字面意思，理解表層語義；在此基礎上，進一步挖掘詩歌字詞中所隱含和暗藏的深層含義，也叫言外之意。詩人常常通過象徵、暗示、比喻、雙關等藝術手法，來引申加強詩歌語言的多義性。理解語言的比喻、象徵意義，捕捉到作者在詩歌中表現出來的思想感情，才能找出言外之意。

第三，分析揣摩意象。如前所述，分析詩歌必須從意象入手，根據具體的意象判斷詩歌的意境。

第四，明確抒情主人公。詩歌中，抒情主人公主要有兩種情況：一是採用第一人稱的“我”，直抒胸臆；二是採用第三人稱，藉助於一定的形象來表達感情。瞭解詩歌中抒情主人公的特點，有助於進入詩歌的意境。

第五，辨析慣用手法技巧和語言特點。在賞析詩歌時，似乎最容易看到的是一些具體的修辭手法，如比喻、擬人等。有的同學會把這個當成是首要的或者是主要的關注點。其實，應該先判斷和理解詩歌的情感內容，然後再看表達內容情感所採用的手法技巧。請牢記，任何手法技巧都是為了達到目的而創造和運用的，沒有目的就談不上手法。

作家名片

泰戈爾（1861—1942）
印度著名作家

泰戈爾，國際知名的印度詩人、作家，創作了大量作品。他的詩歌享有極高的盛譽，1912 年，泰戈爾因《吉檀迦利》獲諾貝爾文學獎。泰戈爾的詩文風格清新自然，語言優美，對中國“五四”時期的詩人有直接影響和啟發，由冰心的詩作可見一斑。

作品檔案

《紙船》新奇別致，以豐富的想象描繪兒童童真稚趣的奇思妙想，是泰戈爾《新月集》中一首具有代表性的詩篇。《新月集》收入 40 首兒童詩，以樸素的語言、明快的格調和瑰麗的譬喻描繪表達了詩人對童心童真的熱愛與讚美之情，被認為是世界文學中精美珍貴的藝術珍品，深受讀者鍾愛。

課文

紙船

泰戈爾

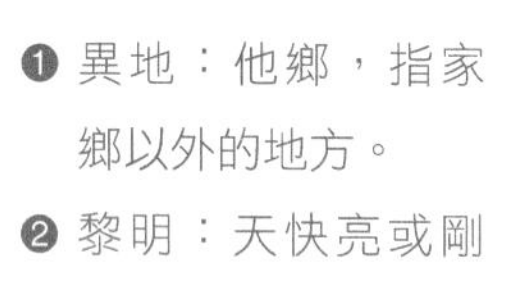

我每天把紙船一個個放在急流的溪中。

我用大黑字寫我的名字和我住的村名在紙船上。

我希望住在異地[1]的人會得到這紙船，知道我是誰。

我把園中長的秀麗花載在我的小船上，

希望這些黎明[2]開的花能在夜裏被平平安安地帶到岸上。

我投我的紙船到水裏，仰望[3]天空，

看見小朵的雲正在張著滿鼓著風的白帆。

我不知道天上有我的什麼遊伴把這些船放下來同我的船比賽！

夜來了，我的臉埋在手臂裏，

夢見我的船在子夜[4]的星光下緩緩地浮泛[5]前去。

睡仙坐在船裏，帶著滿載[6]著夢的籃子。

❶ 異地：他鄉，指家鄉以外的地方。

❷ 黎明：天快亮或剛亮的時候。

❸ 仰望：抬頭向上看。

❹ 子夜：半夜。

❺ 浮泛：課文中指漂浮在水面上。

❻ 滿載：運輸工具裝滿了東西。

課文分析

第一，細看詩歌的標題。詩歌以紙船為描寫對象。閱讀時要聯想和調動自己對於紙船的認知和經驗。《紙船》以純真的童真童趣表現了兒童對遠方的憧憬，對宇宙的好奇和想象，對世界、對自然的發現與感悟，極具想象力和詩意。

第二，辨析字詞的語義。閱讀課文，找出自己認為重要的字詞，理解詞語的字面意思與隱含意思。

第三，分析揣摩意象。貫穿全詩的一個意象是紙船，全詩從放紙船開始，至夢中見到紙船結束，中間則是放紙船時的情景與聯想。紙船在這裏既是小主人公的小小寄託，也隱喻著通往外界與未來的媒介。小主人公與紙船關聯，表現出了他的好奇與純真，也表現了詩歌蘊含的深意。

第四，明確抒情主人公。本詩的抒情主人公是兒童。詩人緊緊抓住兒童的生理與心理特點，用兒童的視角看世界，用兒童的語言寫兒童。於是詩人就寫出了兒童充滿著對未知的遠方、對神仙世界總是充滿著不竭的想象的特定心理和外在形象。讓讀者看到在兒童的眼中：天上地下，神仙和凡人，人類和植物，萬物平等，沒有差別，彼此交流，友愛相處，溫情美好。詩人借著兒童奇妙的聯想細膩地描繪出了一片赤子之心，營造出了情趣盎然、詩意濃厚的意境。

第五，辨析慣用手法技巧和語言特點。泰戈爾的詩歌想象力豐富，語句和結構凝練多彩，畫面鮮明，意境優美，詩意盎然，真摯感人。

1. 善用意象深化詩歌意境

紙船的意象精妙，船，是人類早期探索未知世界的工具。這個紙船承載了兒童渴望瞭解遠方，嚮往神秘事物、渴望與外界交流的夢想和希望。“我用大黑字寫我的名字和我住的村名在紙船上”，“我”的這天真的舉動刻畫了兒童獨特的形象，巧妙生動地呈現出了兒童的童真稚趣以及憧憬與願望；“每天”二字突出兒童的執著，也突出了這種願望的強烈與不可遏制的力量。

詩歌中的兒童可以看作是人類的化身，在宇宙面前人類至今仍像是一個個孩子。詩歌借對兒童舉止的有限刻畫，激發了讀者無限的聯想與想象。詩歌所表達的是人類對宇宙人生未知世界終極探索的渴望，是對遠方、對不可知的事物的好奇與嚮往。

夢的意象奇特：夢中有夢，我“夢見我的船在子夜的星光下緩緩地浮泛前去”，睡仙坐在“我”的紙船裏，她的籃子裏裝著“我”的夢，以此描述了兒童的玄思遐想，奇幻縹緲又真摯可信。

2. 刻畫兒童的形象和性格

樸素善良，珍愛生活中一切美好的事物：“秀麗花”是真善美的象徵，開在黑夜已盡的“黎明”，孩子希望她能“平平安安”地到達彼岸，由“我”對花的關切、珍惜之情，表現出在孩子的眼中，花並不僅僅是花，是一個平等的、有生命的生物，也是一個需要細心呵護的小夥伴，“平平安安”這四個普通的字在這裏便有了更深的含義，希望她能夠平平安安地回來，讓讀者看到了小主人公對花特殊的喜愛、獨特的關心方式，以及人與生物平等相待的情感。

活潑友愛，充滿幻想，極富想象力："仰望天空"，想"天上的遊伴""來同我的船比賽"。真是一個經典傳神、獨特而奇麗的藝術構思，突出了兒童的年齡特徵和好奇心理，刻畫了兒童聰穎、友善的性格形象，也給讀者提供了想象解讀的空間。讀者或可由此聯想這個孩子的處境和特點，如獨自玩耍，身邊孤獨，渴望有同伴，渴望被理解。

3. 限定與修飾的語言特色

為了突出想象的事物，突出富有兒童特點的種種動人情態和奇思妙想，詩人對語言加以有效的限制和修飾。比如：紙船是"用大黑字寫我的名字和我住的村名"的紙船，這裏"用大黑字"，充分表現了孩子的天真稚氣，彷彿看見孩子寫字時專注認真、鄭重其事的莊嚴神情，想象出兒童盛滿了希冀的內心世界。

花是"黎明開的"；"黎明開"的花"在夜裏"到達；黎明與夜裏的對比，製造出一種時間上的差異，一種感覺上的驚喜，在異地得到紙船的人，當天就能看到開放的花兒，獲得一份意外和驚喜！由此表現出孩子的聰穎善良，讀者彷彿能看見孩子臉上得意的神情，給所愛的人們以驚喜，這不就是兒童美好的願望嗎？

白帆是"滿鼓著風"的，籃子是"滿載著夢的"，夢中有夢，在孩子的眼裏，睡仙的籃子是可以裝載無數的美夢的。

"夜來了，我的臉埋在手臂裏"，把臉"埋在手臂裏"，是兒童的睡姿，睡覺是為了做一個美妙的夢。夜裏，"我"的紙船"在子夜的星光下緩緩地浮泛前去"，去一個沒有邊界的遠方。

這些詞或短語一層層銜接著一個個形象鮮明優美的畫面，使"我"的奇思妙想明確突出，營造出一個獨特的藝術境界。這個世界為讀者的想象提供了自由翱翔的廣闊空間。

練習

1. 有聲有色地朗讀課文，為下列加點的字注音。

枕戈待旦（　　）	溪澗（　　）
仰望（　　）	揚帆（　　）
記載（　　）	載重（　　）

2. 人們常說，一首詩就是一幅畫，根據下面幾個典型場景，把詩歌中相關的句子寫出來。

場景	詩句
一個可愛的兒童在小河邊投放著一隻隻紙船，希望在遙遠的地方有人會得到這紙船	
一隻紙船載著黎明時開放的秀麗花平安地到達岸上	
一個孩子仰望天空想象盼望著天上的白雲小船和他的小船比賽	
孩子在船上睡著了，星光下睡仙坐在他的船上，帶著一個裝滿夢的籃子	

3. 你最喜歡詩歌描繪的哪一個場景？你認為詩人為什麼要讚美這樣的場景？

4. “小朵的雲正在張著滿鼓著風的白帆”一句中的比喻有何特點？

5. 《紙船》中“遊伴的船”指的是什麼？

6. 這首詩中哪些詩句體現了詩人奇特非凡的想象？為什麼？你最欣賞詩中的哪一處用詞？說出理由。

7. 末句的“夢”是怎樣的夢？可以讓讀者聯想到什麼？請結合詩意談談你的理解。

8. 請將你閱讀賞析這首詩歌的步驟按照真實的順序記錄下來，寫出序號。

☐ 辨析字詞的語義

☐ 分析詩歌的意象

☐ 明確抒情主人公

☐ 辨析慣用手法

☐ 分析語言特點

☐ 詮釋詩歌內容

☐ 細看詩歌的標題

☐ 概括詩歌主題

9. 人們說詩歌是無國界的。請以《紙船》這首詩歌為例，說說你是如何理解這句話的，並用一段文字記錄下來。

1.4 整體感知全方位鑒賞

探究驅動

請按照你的理解給下面的句子排序，並在班裏説説你的理由。

- ☐ 理解一首詩歌要從朗讀開始，感受詩歌的旋律節奏。
- ☐ 理解一首詩歌要從畫面入手，欣賞作品的意象與意境。
- ☐ 理解一首詩歌要從手法技巧開始，欣賞詩歌的風格特色。
- ☐ 理解一首詩歌要從結構佈局開始，欣賞詩歌的大意與主旨。
- ☐ 理解一首詩歌要從字面入手，理解詩歌的字詞句。

參考資源

本課參考資源可掃二維碼或登錄網站查看：jpchinese.org/ibmypa3

講解

整體感知全方位鑒賞詩歌，主要包括三個層面：

1. 鑒賞詩歌的藝術形式。欣賞詩歌就是要鑒賞詩人如何運用獨特的藝術形式創造出詩歌的意義，這是欣賞詩歌的基礎。雖然賞析詩歌作品沒有一種固定的程式或模板，但正如前面講過，當你看到一首全新的詩歌作品時，可以按照一般的步驟順序進行解讀：

- 理解字詞，儘可能理解詩歌的字面意思
- 大聲朗讀詩歌，通過聲調和語調加深對內容和情感的理解
- 分析詩歌傳遞的信息，理解內容，領悟詩歌的情感
- 找出特點，針對詩歌的要素進行分析：如意象、聲音韻律、結構佈局、詞句、語氣（氣氛）、手法技巧等

通過對以上方面全方位的分析，瞭解各個部分的具體情況，然後分析詩人如何將它們綜合使用，在這個過程中我們可以解讀詩歌的意義如何被經營與創造出來。

2. 鑒賞詩歌的情感內容。詩言志，欣賞詩歌主要就是要鑒賞詩人如何運用獨特的形式與方法表達出其人格品質、理想願望。這是欣賞詩歌的目的。

詩歌的情感內容，依靠閱讀鑒賞者的聯想能力和感受能力。讀者必須能夠從詩歌的字裏行間和不同的手法技巧中，從詩歌有限的具體描寫中，從作品獨有的特色風格中，找到詩歌的“以小見大”的“言外之意”，結合自己的審美體驗產生無限的聯想，感悟詩歌的意境美與情感美，和詩人的情感產生共鳴，才能深入理解詩歌所表達的情感內容。

3. 鑒賞詩歌的深厚意蘊。鑒賞者對作品有了較為全面的理解之後，要進行更深入的研究探討，從作品中思考和發掘出更加深層次的內涵和意蘊，如對人類社會的思考以及人生哲理。在 IB 的課程中，鼓勵學生從全球性問題的角度展開有深度的思考和探索。

深入探求詩歌的深厚意蘊，依靠閱讀鑒賞者的思考能力和批判能力。一方面要深入瞭解詩歌創作的特殊背景和詩人的創作意圖，另一方面要聯繫接受者所處的更加廣闊的社會時代問題進行思考和分析出超越詩歌本身的意義。讀者應以作品為基礎展開由此及彼的想象，結合自己對周圍世界的觀察與瞭解，進行比較判斷，發掘和拓展詩歌的意義。

熟悉和掌握以上幾個方面在閱讀中加以實踐，養成在初步理解詩歌要素的基礎上全方位整體感知詩歌、對詩歌做出整體賞析的習慣，逐漸學會對不同時期和不同風格的詩歌做出獨立的鑒賞與評價。

作家名片

臧克家（1905–2004）
現代著名詩人

臧克家，著名新詩詩人。臧克家創作了許多表現民眾疾苦的詩歌作品，被譽為“農民詩人”。代表作有《烙印》《老馬》《罪惡的黑手》《春風集》《歡呼集》《今昔吟》等。

作品檔案

《老馬》是臧克家 1932 年 4 月創作的一首詩歌。作者通過描寫一匹身負重壓、忍耐痛苦、在鞭子的抽打之下，不得不向前掙扎的老馬，展現了舊社會中國受苦受難的億萬農民受壓迫、受痛苦的悲劇性命運，具有鮮明的時代特色。

課文

老馬

臧克家

總得叫大車裝個夠，
它橫豎不說一句話，
背上的壓力往肉裏扣，
它把頭沉重地垂下！

這刻不知道下刻的命，
它有淚只往心裏嚥，
眼前飄來一道鞭影，
它抬起頭望望前面。

課文分析

這首詩以馬為描寫對象。分析這類作品的關鍵是觀察和領悟描寫對象的特點。在解讀的過程中，讀者必須要通過字裏行間的細緻分析，看詩人採用了怎樣的手法技巧來刻畫形象，突出這個描寫對象的特點，表達出怎樣的情感。

作為讀者，我們可以從前面提到的三個層次展開分析，從而看出這樣的表達給讀者提供了怎樣的思考空間，讀者可以從哪些方面展開更加深入的探討。

1. 鑒賞藝術形式

欣賞詩歌的第一步：從瞭解詩歌整體內容入手，為了建立起你對詩歌最初的總體印象，請帶著問題仔細閱讀並回應問題：這首詩歌是關於什麼內容的？

賞析步驟：

① 看標題。《老馬》以馬為描寫對象，把它放在特定的環境下進行直接描寫。詩人在進行客觀描寫的同時，展開豐富的想象，加上主觀的詮釋，表達出觀點、見解，抒發出濃烈的情感。

② 意象分析。老馬是一個貫穿全詩的藝術形象，它真實可感，作者從多方面進行了刻畫，讀者可以從以下幾個方面把握這個形象的特點：

可視	可聽	可聯想
馬背…… 頭…… 淚……	叱責 謾罵 鞭子抽打之聲	被鞭打 被折磨 受難者的苦難生存處境

表面上看，詩人寫的是一匹痛苦無奈、拚命掙扎的老馬，實際上是寫那些承受壓迫無法擺脫悲慘命運的勞動者。回應問題：

作者為什麼選擇這個意象？老馬受到什麼人的折磨？為什麼會這樣？

2. 鑒賞情感內容

欣賞詩歌的情感內容也可以從回應問題著手，請根據詩歌內容，說出：

- 作者賦予老馬這個形象什麼樣的情感？

- 你認為詩人對老馬的遭遇和命運表達了什麼情感態度？你從哪裏看到的？請用詞語明確表達出，如同情、可憐、不滿……
- 老馬的意象、老馬的遭遇讓你產生了怎樣的聯想和想象？
- 你在閱讀時有什麼樣的感受？你從老馬的遭遇和苦難中領悟到了什麼？

老馬的遭遇	聯想與想象	感受	領悟
被鞭打折磨 默默忍受	掙扎、無奈	痛苦、悲憤	受苦難的農民 被壓迫者的悲慘命運、不公平的現實、黑暗的社會

通過解讀，要是理解了詩歌是通過描寫老馬的意象來描寫像馬一樣受苦難的農民，就理解了其中所凝聚的詩人賦予老馬的特殊象徵意義；領悟和理解了詩歌的深層意蘊，就能產生出強烈的情感共鳴，感受到詩歌的情感美。

3. 鑒賞深厚意蘊

鑒賞詩歌的深厚意蘊就是對詩歌進行深度拓展探析，通過思考和探討，理解詩歌"言不盡意，意在言外"的情感，並從中感悟出一些人生的哲理或深刻的情感。在這一部分，讀者的研讀和探討可以從回答一些具體的問題展開，例如：

- 詩歌主題是什麼？
- 詩歌創作的時代背景是怎樣的？是什麼原因激勵了詩人的創作？
- 詩人通過寫詩來表達對老馬的同情，抒發內心的壓力和痛苦，抒發的情感具有怎樣的代表性和時代意義？
- 詩歌產生過怎樣的社會影響？
- 詩人的情感為什麼可以得到廣泛的共鳴？
- 詩歌對今天的讀者會產生怎樣的影響？（今天的讀者能從詩歌中領悟到什麼？）

這首詩的主題，被認為是表達作者對當時社會中負荷沉重、飽受苦難的中國農民的深刻同情。詩人的個人情感與其所處時代的知識分子的普遍情感交融為一體。他們承擔起苦難民眾的代言人角色，表達他們的情感，因此得到了廣泛的回應與共鳴。

作為讀者就需要由此及彼，憑藉自己的生活經驗加以聯想想象，思考你所觀察到的周圍世界的社會現象，拓展詩歌的意境，這樣你作為讀者就可以賦予詩歌作品新的意義。

練習

1. 請大聲朗讀這首詩歌作品，感受詩歌的押韻、節奏，感受詩歌的情感意緒。
2. 解釋下面的字詞，體會這些字詞的情感色彩。

總得叫	
橫豎	
往肉裏扣	

3. 細讀每行詩句，看看作品中有哪些細節描寫塑造出“老馬”的形象。

詩句	細節描寫	形象特點	性格特點	和哪一類人有相同之處
總得叫大車裝個夠，				
它橫豎不說一句話，				
背上的壓力往肉裏扣，				
它把頭沉重地垂下！				
這刻不知道下刻的命，				
它有淚只往心裏嚥，				
眼前飄來一道鞭影，				
它抬起頭望望前面。				

4. 給作品中的老馬畫一張像，看看這匹馬有什麼特點。

可以從動作描寫和心理描寫兩方面進行分析說明。

5. 舉例說說作者運用了哪些手法刻畫老馬的形象。

6. 課堂口頭交流，說說你的看法：從這匹馬的與眾不同之處，能看到這首詩有怎樣的象徵寓意？

7. 這首詩歌的內容給了你哪些啟示？根據你的觀察和研究，說說你是否看到了那些被壓迫者的生活狀況，他們的命運和老馬有哪些相似或不同。

8. 選一首自己喜歡的詩歌，分析詩歌的特點；按照下表的順序，簡單地記錄下自己閱讀分析的結果，在班級和大家分享。

分析對象	內容 / 情感色彩 / 深層意蘊
標題	
語詞含義	
意象選用	
節奏與音韻	
語言特點	
結構與佈局	
獨特的表現手法	

第二課　解碼詩歌抒情寫意的奧秘

2.1　意象須形色俱佳有美感

2.2　意象須含蓄隱曲意蘊深

2.3　意象鮮明對立感染力強

2.4　意象組合巧妙營造意境

2.1 意象須形色俱佳有美感

參考資源

本課參考資源可掃二維碼或登錄網站查看：
jpchinese.org/ibmypa3

探究驅動

看圖回答下面的問題。

1. 圖畫中哪些突出的景物賦予了畫面特定的意味？說說看。
2. 根據圖畫，寫出三個句子，用文字描繪出你看到的畫境，以及給你帶來的感受。

講解

詩歌借意象來傳達幽深玄秘的美感，所以詩歌的意象必須是能激發讀者的想象力、提升讀者審美力的藝術形象。由此可見，詩歌的意象必須具有美感，必須形、色、聲俱佳令人賞心悅目，給讀者帶來聽覺、視覺、嗅覺、觸覺的享受，並以其新奇生動構成美好的意境，引起讀者豐富的聯想，帶領讀者進入一個激動人心的藝術天地，抵達情緒強烈共鳴的境界。

好的詩歌意象表現出詩人豐富的想象力和創新能力，從多角度、多感官、多層次刺激和激發讀者的情緒反應，調動起讀者自己的生活經歷和藝術體驗，領悟詩歌言外之意、味外之旨的神韻。

作品檔案

《雪花的快樂》是徐志摩愛情詩的代表作。全詩籠罩著回旋飄飛的主旋律，雪花紛紛揚揚，瀟瀟灑灑，它裹挾著愛情向一定的方向飛揚，最後消溶到所愛的人心裏，抒唱了他對愛與美的追求，展現了他瀟灑、飄逸、自由的個性與風格。

課文

雪花的快樂

徐志摩

假如我是一朵雪花，
翩翩的在半空裏瀟灑，
我一定認清我的方向——
飛揚，飛揚，飛揚，——
這地面上有我的方向。

不去那冷寞的幽谷，
不去那淒清的山麓，
也不上荒街去惆悵——
飛揚，飛揚，飛揚，——
你看，我有我的方向！

在半空裏娟娟的飛舞，
認明了那清幽的住處，
等著她來花園裏探望——
飛揚，飛揚，飛揚，——
啊，她身上有朱砂梅的清香！

那時我憑藉我的身輕，
盈盈的，沾住了她的衣襟，
貼近她柔波似的心胸——
消溶，消溶，消溶——
溶入了她柔波似的心胸！

課文分析

這首詩成功的關鍵是意象的選取。詩中的意象具有特殊的象徵意義，凝聚了詩人個人的經歷和情感，具有令人賞心悅目的美感。

“雪花”“梅花”是中國傳統詩歌中常見的意象。兩者都不畏嚴寒，具有純潔、高雅、美麗、堅強的特點，在寒冷中凸顯自己的意志與品格，在寒冷中展現出生命最美的風姿，在寒冷中綻放自己與眾不同的氣質和韻味。詩中的雪花視梅花為知己，視梅花為美好的理想化身，向著梅花勇敢飛翔。為此，雪花不懼困難與艱險，不惜融化犧牲自我。雪花對梅花的追求，是對愛情的追求，更是對人生理想的追求。

“雪花”作為全詩的中心意象形象優美，蘊含了詩人濃烈的主觀情感，具有深刻的寓意。雪花輕盈而飄逸，是詩人飄逸、灑脫姿態氣質的幻化；雪花潔白、晶瑩，是純潔愛情的象徵；雪花自在翺翔，寄寓著詩人對自由的渴望。詩中的雪花既是對自然的雪花的實寫，突出了純潔無瑕、自由瀟灑的特點，也是擬寫，刻畫出擁有生命意志情感的人格。輕揚柔美的雪花，堅定勇敢地追求自己的理想，在風雪中尋找自己的精神家園。“清幽的住處”“朱砂梅的清香”，通過這兩組意象的描寫，讓讀者想象出晶瑩純潔的雪花和嬌艷孤傲的紅梅，聯想到一切美好事物和理想的追求。

雪花是詩人“我”的象徵。在這首詩中，詩人把自己想象成一朵雪花，並藉助雪花的口吻和動作深切地表達了堅定不移追求自由的決心。雪花的快樂，是執著而忘我的追求的快樂。詩人選取了幾個具有悲涼意味的物象：冷寞的“幽谷”、淒清的“山麓”、令人惆悵的“荒街”，與梅花“清幽的住處”——美麗的“花園”形成鮮明的對照。詩人運用了“不去”表明了雪花拒絕冷寞、拒絕淒清、拒絕惆悵，抗拒嚴寒的控制與威壓的堅定信念。雪花無比驕傲地高呼，“你看，我有我的方向”，表明了自己明確的理想和堅定的奮鬥方向。

練習

1. 請大聲朗讀這首詩歌作品，感受詩歌的押韻、節奏，感受詩歌的情感意緒。

2. 解釋下面的字詞，體會這些字詞的情感色彩。

瀟灑		清幽	
冷寞		憑藉	
幽谷		柔波	
淒清		翩翩	
惆悵		盈盈	

3. 仔細閱讀《雪花的快樂》，尋找詩歌中的象徵意象有哪些，填寫下表。

意象	象徵什麼	相互間的連結點 / 相似點	象徵意義
雪花			

4. 兩人一組，為徐志摩《雪花的快樂》畫一幅圖畫，突出圖畫的色彩、光線、形象等。說說這首詩歌運用了哪些技巧和手法，渲染了怎樣的氣氛環境；從畫面中你感受到什麼樣的情緒。

5. 仔細閱讀《雪花的快樂》，思考並寫出下面幾個問題的答案。

（1）作者寫這首詩歌想要表達的是什麼情感？

（2）作者採用了哪些意象來表達這種情感？舉例說明。

（3）請舉例分析詩歌中有哪些形色俱佳、具有美感的意象，它們是如何營造詩歌的美感的。

6. 你喜歡這首詩嗎？為什麼？寫出你最喜歡的詩句。

7. 思考寫作

根據命題“所有的詩都是廣義的象徵，因為它必須借有形的象來表現無形的意”，以自己學過的詩歌作品為例，寫一篇短文，表達出你的看法。

2.2 意象須含蓄隱曲意蘊深

探究驅動

請看下面的詞語，展開聯想，看看你能從這些字詞中想到什麼。

字詞	你的聯想	蘊含的寓意
山泉		
黑夜		
松林		
山谷中的回音		
天空的星星		

參考資源

本課參考資源可掃二維碼或登錄網站查看：jpchinese.org/ibmypa3

講解

意象的特點就是以具體有限的形象，包涵深邃無盡的意蘊，使詩歌所表達的情感形象生動又含蓄蘊藉。

好的意象，是形象具體的，同時又是不能直接說透的，是含蓄隱曲的。它們就像是一個支點、一個引子，給讀者留下想象的空間和解讀的自由，可以令讀者由此展開遠遠超出意象本身的豐富聯想，從而發掘出詩歌的意蘊，賦予詩歌更深廣的意義。

在閱讀詩歌作品時，必須對其中的意象進行研讀和分解，才能體會深層次的豐富意蘊。如果能將詩歌中一個個看似獨立的但又含蓄蘊藉的意象連綴起來進行分析解讀，就能夠進一步明白詩人的感情脈絡，領悟詩歌的意境情懷。

作品檔案

《別丟掉》是林徽因為表達對知音密友徐志摩的追思懷戀而寫下的悼亡詩。詩歌以“別丟掉”為題，對知己傾吐心聲，託物言情在“幽冷的山泉底”“黑夜”“月明”“燈火”“滿天的星”等景物中，滲透了作者深重悽婉的滄桑感與纏綿執著的痛惜情。

課文

別丟掉

林徽因

別丟掉

這一把過往的熱情，

現在流水似的，

輕輕

在幽冷的山泉底，

在黑夜　在松林，

歎息似的渺茫，

你仍要保存著那真！

一樣是月明，

一樣是隔山燈火，

滿天的星，

只使人不見，

夢似的掛起，

你問黑夜要回

那一句話——你仍得相信

山谷中留著

有那回音！

課文分析

林徽因的詩具有典型的新月派詩歌浪漫主義的氣質。在意象的經營方面，她別出心裁，選用的意象具有含蓄隱曲的特點，營造出錯綜迷離的情緒氣氛。在創作手法上，她融匯古今，將傳統的古典主義與浪漫主義的託物言情之手法與現代主義的意象聯絡的手法相互融合交織在一起，使得詩歌的情感抒發既能曲盡柔腸感人心魄，又能含蓄蘊藉令人回味。

《別丟掉》被認為是一首悼亡詩，詩歌以獨特美麗的意象，營造出渺茫零落朦朧複雜的情緒意境，深切表達詩人對亡友徐志摩的緬懷追憶和自己內心的悲傷。詩歌的核心內容是“別丟掉”，這一句是生者（林徽因）對死者（徐志摩）的深情叮嚀，也是生者對自我的勸諭告誡。

內容分析

核心句子：“別丟掉 / 這一把過往的熱情 / 你仍要保存著那真！”

《別丟掉》這首詩的主要內容有三部分：

第一部分：第 1 至 8 行，詩歌以“我”的心理獨白方式，講述生者對死者的深情叮嚀和自我提醒：一定不要忘記過往的熱情，要保存著那真。這裏的真，是逝者最鮮明的性格特徵，也是本詩的詩眼，強調“真”的真情實意要永恆存在。

第二部分：第 9 至 12 行，表述了生者對逝者的深切緬懷，傾訴詩人內心深處的憂傷和悲痛。物是人非，明月依舊、燈火依舊、滿天的星星依舊，但是人永遠逝去了，美好的過往如夢幻一樣，無限的孤寂縈繞著生者。

第三部分：最後 5 行，詩人強調了執著不捨的情懷，表達了生者對死者至死不渝的愛戀和懷念。

意象特點

詩人纏綿而又執著的情感是藉助眾多的意象來表達的：流水、山泉、黑夜、松林、明月、隔山燈火、滿天星斗、山谷中的回音……每個意象既是具體的、形象的、獨立的，又是多重意味彼此關聯的，既表現出了客觀的情致，又抒發出主觀的情感。“熱情”，熾熱的情感；詩人將抽象的情感“這一把過往的熱情”描繪成具體可感的事物呈現給讀者：“……流水似的，/ 輕輕 / 在幽冷的山泉底，/ 在黑夜在松林，/ 歎息似的渺茫，……”

一連串相互聯絡的意象，組成了生動的畫面：流水的靜靜逝去，山泉的幽暗寒冷，黑夜的沉重寂寞，營造出了一種幽冷陰森、不寒而慄的氣氛，隱喻詩人在悼念已經長眠在陰間黃泉之下的故友，浸透詩人內心的隱痛與悲歎！

與此同時，這些意象也表達著另一層意思：“熱情”雖然已是過往，但它沒有消逝，依然如“流水似的”在悄無聲息中擴展著，在“幽冷的山泉底”有它的留痕，“在黑夜”裏有它的蹤影，“在松林”有它的聲息，這一切都在隱喻著在詩人看來故友並沒有離開，那份熾熱的情感一直在詩人的心裏，在輕輕地流淌著，深深地歎息著。

“隔山燈火”，雙重視覺景觀蘊含多重情感意蘊：人間的歡樂明亮和黃泉的淒涼陰暗形成了鮮明的對比，山的那一邊，燈火輝煌，可能有無數幸福的人在享受著夜晚的寧靜時光；山的這一邊卻是冷泉和松林，逝者只能在如此陰森冷清的陰間世界獨自徘徊。明與暗的對比更能寫出悲涼與不忍的情感。

“滿天的星”，代指逝去的故友。在中國傳統文化中，人死後會化成天上的繁星；天空中繁星耀眼的光芒，與前文的山泉、冷泉和松林形成對比，表現了逝者和生者陰陽兩隔的無奈和憂愁。

藝術手法

明喻：以流水的“輕輕”“歎息”比擬“熱情”的“渺茫”。

情景交融：情景交融，一虛一實，每一個景致都有千愁萬緒，意象多重意味，新穎獨特，韻味深長。

鮮明的對比：過往的、現在的（文學上的對比）；明暗對比、冷熱對比等等。

貫穿詩歌的情感線索

本詩有一條貫穿始終的情感線索：“別丟掉 / 這一把過往的熱情”是詩歌情感線索的發端，接下來的五句是借對景物的描寫來擴展和豐富詩歌情感的內涵；“你仍要保存著那真”是繼續抒情，情感線索得到進一步發展和轉換，情景交融的描寫，展示了景物依舊，物是人非 ，“夢似的掛起”的畫面。全詩以兩個詠歎句堅定地表達出詩人的情感：前一句“你仍要保存著那真！”和後一句“你仍得相信 / 山谷中留著 / 有那回音！”對假設“你問黑夜要回那一句話”做出直接的回答：不能丟掉它！即使你想也不可能！表達了“我”心中永遠的珍惜，永遠的堅守與執著。

練習

1. 你認為詩歌中有哪些突出的意象？請指出並解釋。

2. 林徽因曾説："詩中意象多不是尋常客觀的意象。詩中的雲霞星宿，山川草木，常有人性的感情，同時內心人性的感觸反又變成外界的體象，雖簡明淺顯隱奧繁複各有不同的。"你認為在《別丟掉》這首詩中有哪些意象最能體現詩人的上述意象觀？請舉例加以説明。

3. 為什麼説這首詩歌的意象形式多樣、層次豐富？怎樣才能體會深層次的豐富意蘊？

4. 詩歌營造出一種怎樣的情緒氣氛？

5. 詩歌中有哪些人物？抒情主人公是誰？怎樣看待詩歌中的"你"與"我"的關係？

6. 選擇下面的一題，思考討論分享，然後進行寫作練習。

（1）假設你想要表達對父母養育的感激之情，你可以選擇什麼意象？為什麼？和同伴比較，講一講你為什麼要選用這樣的意象。

（2）如果要表達對朋友的思念，你會選擇什麼意象？為什麼？和同伴比較，講一講你為什麼要選用這樣的意象。

7. 以小組為單位查找資料，對下面的課題進行研究。

什麼是“新月派”？徐志摩對中國新詩的發展做出了哪些貢獻？林徽因的詩歌有哪些“新月派”的特點？

2.3 意象鮮明對立感染力強

探究驅動

本課參考資源可掃二維碼或登錄網站查看：jpchinese.org/ibmypa3

閱讀一首小詩，找一找詩歌中有哪些意象，這些意象有什麼特點，構成了怎樣的關係。

泥土

魯藜

老是把自己當珍珠

就時時有怕被埋沒的痛苦

把自己當作泥土吧

讓眾人把你踩成一條道路

（選自《白色花》，人民文學出版社 1981 年版）

講解

對比是為了襯托，為了突出，為了強調。“對比”，就是將兩個極不相同的東西並列在一處，形成很大的反差。採用對比的方法訴說一種強烈的情感，闡述人生的哲理，就能產生更鮮明、更強烈、更具活力的奇特效果。對比意象的設置，有利於揭示詩歌創作中所有對立的關係，使詩歌具有藝術的張力，產生好的效果。

詩人魯藜熟練巧妙、富有創造性地選用了對比鮮明的意象，構成了鮮明的對比關係：

1. 選擇了兩種相反的物品：“珍珠”和“泥土”在一般認定的價值上，一個極貴，一個極賤，因此是相反的兩種物品；

2. 強調了兩種相反的品質：分別賦予“怕被埋沒”和“捨身成路”的特質；

3. 造成了相反的結果：前者因付出而感受“痛苦”，後者卻因奉獻得到讚美；

4. 得到了完全相反的評價：前者是反面的，後者才是正面的，從而揭示出全詩真正的主旨所在：作者是借著珍珠來陪襯泥土，由衷歌頌了犧牲奉獻的可貴精神。正與反的對比參照，造成極大的反差，吸引讀者的注意，引發人們的思考。

作家名片

劉半農（1891–1934）近代著名文學家

劉半農，江蘇江陰人，近代文學家，語言學家和教育家，詩人，中國新文化運動先驅。他創作了許多優秀的新詩，代表作有《教我如何不想她》。主要作品有詩集《揚鞭集》《瓦釜集》和《半農雜文》。

作品檔案

這首詩發表在《新青年》，被稱為"白話詩初起時探索與內容革新相適應的新形式的一首力作"。這首詩呈現出"屋子裏""屋子外"兩個社會階層"老爺"和"叫花子"的不同命運，內容上體現了鮮明的時代精神，表明了詩人強烈的人文主義關懷，表達了對底層苦難者的同情，對不公正的黑暗社會的反抗，情感真實，富有感染力。

課文

相隔一層紙

劉半農

屋子裏攏著爐火，
老爺吩咐開窗買水果，
說："天氣不冷火太熱，
別任它烤壞了我。"

屋子外躺著一個叫花子[1]，
咬緊了牙齒，對著北風呼"要死！"
可憐屋外與屋裏，
相隔只有一層薄紙！

[1] 叫花子：指乞丐。

課文分析

19 世紀至 20 世紀初，中國處於內憂外患時期，有社會責任感的知識分子在特殊的現實與歷史環境中，痛心於國運的衰敗，思考著國家的未來，具有強烈的民族國家的憂患意識，特別關注作為傳統農耕文化主體與載體的中國農民的歷史、現實與未來的命運。許多詩人作家從階級壓迫與剝削的角度關注農民命運，創作出反映農民群體生存困境的作品，啟迪人們去思索造成農民苦難命運的歷史與文化的縱深原因。劉半農的《相隔一層紙》就是其中的一個代表作。詩人充當了農民代言人的角色，塑造了農民形象，表現了中國農民的生存形態，批判了社會中不平等、不公義的黑暗現實。

意象對比

全詩運用了對比意象揭露出貧富不均的社會現象。詩的內容深刻、集中，形式簡潔，畫面鮮明。作者重視獨特意象的創造，在意象中凝聚著他對生活的獨特感受、觀察與認識。從現實生活中採用鮮活的意象和完美的詩緒，創造出一幅生動形象的圖畫。運用淺顯明白的詞彙，使之構成聲、色和情景交融的意象。

第一節“屋子裏”的“老爺”與第二節“屋子外”的“叫花子”形成了鮮明的對比：一個因爐火太熱要開窗戶、買水果；一個被風凍得咬緊牙齒喊著“要死！”。兩個場景，兩種人物，兩種聲音，不同的舉動，在意象上形成了強烈的貧富對比，展現出作者的人道關懷、對下層貧民的同情，具有強烈的批判精神。

最後一句的“一層紙”更是一個非常巧妙的意象，與杜甫的“朱門酒肉臭，路有凍死骨”具有相同的畫面與色彩，對比效果達到了最佳，激起了讀者的聯想和思考，揭示出了作品的深刻意蘊。詩人的激憤之情，在這一對比中力透紙背，表現得淋漓盡致，詩情也隨之推向高潮。

畫面對比

這首詩只有八行，短小凝練，像一個框架，鑲嵌了一幅對比鮮明、令人戰慄的畫面：深冬嚴寒，老爺屋裏攏著爐火還要開窗買水果消熱。一窗之隔，就在屋外，一個乞丐正忍不住飢餓寒冷倒在了地上呼喊“要死”了。在這樣具有強烈衝突的畫面前，詩人發出了聲音，“可憐屋外與屋裏，相隔只有一層薄紙！”悲歎和控訴這世道的不合理不公平！

這首詩短小精悍，真實樸素，令人難忘，啟人深思！

結構特點

語言簡潔

從文法上來看，詩僅八行，句與句在字數上相差不多，沒有過長或過短的詩句，句式和句法，都與口語一致，明白易懂，而且文字上極為凝練，沒有多餘的雕琢矯飾，通俗易懂，容易為人們接受。

對比鮮明

小詩前後兩段，採用了中國古典詩歌中常見的對比手法。首段寫地主豪富的驕奢放縱：北風凜冽的冬天，豪富們坐在屋裏，烤著爐火，不覺其暖反覺其熱，竟下令夥計開窗去買水果。尾段寫勞動人民的飢寒交迫：屋外躺著一個凍餒不堪的叫花子，被尖刀似的北風颳得直喊“要死”。

詩人在結尾發出慨歎：“可憐屋外與屋裏，相隔只有一層薄紙！”使全詩的主題得到了昇華。全詩通過豪富與貧民，屋內與屋外，熱與寒，飽與飢的鮮明對比，表現了詩人對豪富階級醜惡行徑的痛恨，對勞動人民苦難生活的同情，涇渭分明。

節奏韻律

詩作的節律和用韻都比較和諧，採用了中國韻文慣用的“三字尾”結構形式，如“攏著爐火”“買水果”“火太熱”“烤壞了我”“叫花子”“喊要死”“與屋裏”“一層薄紙”。每一句結尾，多用三字，用四字的三句中，有兩句用了“著”“了”作為襯字，朗讀起來順口和諧，只有最後一句不那麼順口，但從整體上來看，做到了節奏鮮明、韻律和諧，符合人們的欣賞習慣。

敘議抒情相結合

小詩還採用了敘述與議論抒情相結合的方法。前六句敘述客觀，後兩句直抒胸臆，畫龍點睛，集中體現詩歌的主題。

練習

1. 閱讀詩歌理解詩歌內容，在下表中填寫你從詩歌中見到、聽到、想到的內容。

所見	所聽	所想

2. 小組討論：詩歌如何表現了兩個階層兩種人"老爺"和"叫花子"的不同命運？

3. 作者選用了哪些意象來表達情感？這些意象有什麼特點？

4. 詩歌如何運用對比的手法來表現作品的主題？請舉例說明。

5. 以小組為單位查找資料，對下面的課題進行研究。

在中國現代文學史上，為什麼有那麼多描寫農民、歌頌農民的作品？請舉出作家和作品，進行分析論述。

小提示

可以從作品產生的原因和作用展開分析。

2.4 意象組合巧妙營造意境

參考資源

本課參考資源可掃二維碼或登錄網站查看：
jpchinese.org/ibmypa3

探究驅動

你讀過唐朝詩人李商隱的詩嗎？小組合作完成下面的任務。

1. 查看作者的生平資料，講講李商隱的故事。
2. 查看以下詩句的出處，並解釋詩句的意思。

夕陽無限好，只是近黃昏。

身無彩鳳雙飛翼，心有靈犀一點通。

劉郎已恨蓬山遠，更隔蓬山一萬重！

黃葉仍風雨，青樓自管弦。

錦瑟無端五十弦，一弦一柱思華年。

何當共剪西窗燭，卻話巴山夜雨時。

講解

詩歌是表達情感的藝術。無論是自抒胸臆或借物抒情，詩歌都必須選用恰當的意象來營造情景交融的意境以表情達意。美好的意境使讀者能看到情景交融的畫面，聽到有節奏的韻律與聲調，感受到其中蘊含的特殊氣氛，隨著作者進入一個激動人心的藝術世界，被詩歌的感情所打動，產生強烈的情緒共鳴。

作家名片

李商隱（約 813– 約 858）晚唐著名詩人

李商隱，字義山，號玉溪生，和杜牧合稱“小李杜”，與溫庭筠合稱為“溫李”。他的詠史詩成就極高。特別是獨創了無題詩，寫出了膾炙人口的名篇佳作。這些無題詩意境隱約迷離、朦朧隱晦，情思宛轉傷感、悽愴哀怨，辭藻精麗，旋律優美，為讀者喜愛。代表作有《李義山詩集》。

作品檔案

李商隱的無題詩堪稱中國古代愛情詩苑中的一枝奇葩。詩人利用詩歌的形式將自己坎坷的生平經歷、複雜的情感體驗，以及對黑暗社會的譏諷抨擊融為一爐，運用比興、象徵、典故等多種手法，營造出深幽迷離的意境，形象、細膩、含蓄、委婉地表達出縝密深曲的憂傷鬱憤之情。

李商隱的無題詩構成了一種深情艷麗、纏綿悱惻的風格。其意境的營造對於後世的詩歌創作包括格律詩及現代新詩，都產生了巨大而深遠的影響，甚至有人說他是朦朧詩的鼻祖。

課文

無題❶（相見時難別亦難）

李商隱

相見時難別亦難，東風無力百花殘❷。
春蠶到死絲方盡❸，蠟炬❹成灰淚始乾❺。
曉鏡❻但愁雲鬢❼改，夜吟應覺❽月光寒❾。
蓬山❿此去無多路，青鳥⓫殷勤⓬為探看⓭。

❶ 無題：唐代以來，有的詩人不願意標出能夠表示主題的題目時，常用“無題”作詩的標題。
❷ 東風無力百花殘：這裏指百花凋謝的暮春時節。東風，春風。殘，凋零。
❸ 絲方盡：絲，與“思”諧音，以“絲”喻“思”，含相思之意。
❹ 蠟炬：蠟燭。
❺ 淚始乾：淚，指燃燒時的蠟燭油，這裏取雙關義，指相思的眼淚。
❻ 曉鏡：早晨梳妝照鏡子。鏡，用作動詞，照鏡子的意思。
❼ 雲鬢：女子多而美的頭髮，這裏比喻青春年華。
❽ 應覺：構想之詞。
❾ 月光寒：指夜漸深。
❿ 蓬山：蓬萊山，傳說中的海上仙山，指仙境。
⓫ 青鳥：神話中為西王母傳遞音訊的信使。
⓬ 殷勤：情誼懇切深厚。
⓭ 探看（kān）：探望。

課文分析

詩貴意境含蓄，無題詩以營造朦朧意境來抒發深摯情懷，意境深邃含蓄。《無題·相見時難別亦難》描寫的是離別相思的愛情。詩歌一開始就營造了一種別離的傷感氣氛，詩人以低沉的情調寫出難堪的離恨，訴說終生不渝的追憶以及重見無期的哀傷，表達詩人海枯石爛矢志不變的愛情。

吸引歷代讀者的，是詩人豐富深微的真摯情感，是這首詩瑰麗的詞語、幽渺的神韻，更是詩人以主觀情緒為核心，巧用意象組合營造出異乎尋常朦朧意境的高超技巧。

選用意象

詩人選取了典型意象："東風"指春風；"百花"一樣盛放的情懷，形容人物關係之美好；"絲"是"思"的諧音寓意；"淚"指傷心；春蠶吐絲：形容情感之多；蠟炬有心（芯）：則代表情感之深；雲鬢：形容白髮漸漸變多。

詩人自我的痛苦經歷、不可言傳的主觀抽象情感和客觀自然景物融合交織在一起，構成意味深厚的意象，這些意象包容了愛情、人生、社會等內容，奠定了詩歌情感的基調，把讀者引向了特定的聯想想象的方向，讓讀者從環境的描畫、氣氛的渲染中接受詩人暗示的複雜信息，促使讀者結合個人的體驗理解畫面中蘊含的豐富內涵，和詩歌的複雜情感產生共鳴。

從這首詩可以看到，詩人的情感是極為複雜的，"春蠶絲盡、蠟炬成灰、淚乾"等意象集中反映了人生中情感被阻、美好愛情不能實現的苦痛和煎熬。詩歌曲折隱晦地表現了詩人對美好精神世界的追求以及遭遇的坎坷蹇偃，闡發了追求不得、充滿傷感悲愴的經歷與感悟。

比興象徵

詩人精心選用一些細微的事物來比興寄託深厚的情感，突出事物美麗高尚的特性來象徵自身的人格命運。如，"春蠶到死絲方盡，蠟炬成灰淚始乾"兩句中的"春蠶""蠟炬"，從外形上看起來美麗纖弱且細小，從特性上看它們具有熱烈赤誠、自我奉獻的高尚情操，不幸的是這些事物都無法把握自己的命運，這些都恰好暗示和象徵了詩人自己的身世遭遇和命運。"春蠶""蠟炬"的比喻恰到好處地形容了詩人心中相愛相思的情感纏綿執著、委婉熱烈、至死不渝，讓詩歌中的離別愁緒更加形象、深刻、感人。"春蠶""蠟炬"的形象又和抒情主人公的形象相互輝映。這裏的比興象徵手法達到了以物喻人、人物渾然一體的完美境界，浸透著詩人的身世之感和人生感慨。

委婉曲折

無題詩表達的是浸透了詩人人生感慨的纏綿悱惻矛盾複雜的離別相思之情。作者沒有直抒胸臆，而是採用了曲折委婉的抒述方式，通過描寫客觀事物和典型的景象"東風無力百花殘""春蠶到死絲方盡""蠟炬成灰淚始乾"，把抽象的情感變成可感的形象呈現出來，構成了無題詩含蓄蘊藉的獨特藝術風格。

化用典故

善於化用典故也是無題詩的一個特點。這首詩中“蓬山此去無多路，青鳥殷勤為探看”就是借用了典故，引用了神話傳說，隱約曲折地表達出內心的情感，營造出了浪漫而又深情的氣氛，增加了詩意美感。

辭藻精美

李商隱的無題詩詞語準確精緻，極富美感。如兩個“難”字，第一個“難”寫兩人相會之難，第二個“難”寫相思之苦難耐之難；“絲”與“思”諧音，寫出自己的思念如春蠶吐絲一樣至死不變；詩人用綺麗精美的辭藻描寫出記憶中情景的美好，表達出對往昔的沉醉與嚮往，同時又用慘淡灰暗的辭藻描寫出現實的空虛無常，每一個字詞中都包裹著深厚的情感，都寄寓了深刻的蘊含。往往在同一個詩句中對美好的嚮往與沉醉和對無奈的絕望與哀歎對立統一包容在一起，讓人回味無窮。如“東風、百花”的美好，“無力、殘、死、盡”的慘淡，這些字詞是寫花，寫自然環境，更是寫人，寫人的心境。

營造意境

欣賞詩歌的意境，就要把詩歌當成一個整體，從詩歌的意象組合、詞語色彩、氣氛渲染等進行綜合全面的賞析，發掘詩人暗示的複雜信息，加上自己的聯想想象，拼合成自己心目中的畫面，進入詩歌的意境，理解詩歌的意蘊。

無題詩渲染出了濃厚的迷惘彷徨、悲歎絕望的悲劇氣氛。詩人巧妙地將主觀複雜矛盾以及惆悵莫名的情緒藉助於各種典型物象景致的精心搭配曲折委婉地表現和抒述出來，採用借景抒情、暗示象徵、化用神話的方法渲染出一種迷茫神秘的環境氣氛，烘托出惆悵落寞彷徨無奈的情緒，營造出詩歌朦朧幽深、淒絕美艷的意境。

練習

1. 這首詩第一句、第二句是什麼意思？

2. 細讀全詩，請解釋下面字詞的意思。

難		蓬山	
無力		無多	
殘		青鳥	
曉		殷勤	
但		探	
雲鬢改			

3. 朗讀詩歌，用自己的話說出全詩的意思，和同學比較，加以完善。

4. 舉例說說這首詩歌的意象具有怎樣的美感。

5. 詩人如何組合意象？構成了什麼樣的意境？用圖畫描繪出來。

6. 閱讀演練

看圖讀詩歌，說說這首詩中夜雨與秋池的意象有什麼含義。

試以《夜雨寄北》為例分析詩歌的意境。

夜雨寄北

李商隱

君問歸期未有期，巴山夜雨漲秋池。

何當共剪西窗燭，卻話巴山夜雨時。

深秋時節	詩人描繪了一幅＿＿＿＿＿＿＿＿＿＿ 之景。	寓情於景，烘托出＿＿＿＿＿＿＿＿＿＿ 之情。

第三課　熟悉詩歌的表現手法

3.1　欣賞詩歌的聯想想象

3.2　感受詩歌誇張的魅力

3.3　識別詩歌的象徵寓意

3.4　領略詩歌的語言張力

3.1 欣賞詩歌的聯想想象

參考資源

本課參考資源可掃二維碼或登錄網站查看：
jpchinese.org/ibmypa3

探究驅動

閱讀與感受

1. 請大聲朗讀下面的名句，說說看，詩句中體現出詩人怎樣豐富的聯想和想象。

古詩	新詩
飛流直下三千尺， 疑是銀河落九天。	我的寂寞是一條長蛇， 靜靜地沒有言語。

2. 請舉出一個你認為具有豐富想象和聯想的詩句進行賞析，並在班級分享。

講解

想象是詩歌的靈魂，沒有想象就沒有詩歌。詩歌借想象力表達詩人對生活的感受，抒發詩人的情感。古往今來，優秀的詩歌都是詩人以個人豐富的想象創造出的藝術世界。一首好的詩歌就像是一個生氣勃勃的人，沒有想象力的詩歌只能是櫥窗裏的模特，沒有靈魂，外形再好也沒有生命。詩歌是敢於“幻想”的成果。詩人運用想象力超越現實的限制，可以回到過去，可以闖入未來，創造出一個不受時空限制、融匯今昔的藝術世界，可以創造出一切看似不可能發生的事物，表達詩人的想望與感受。想象是人類創新的源泉，善於展示出想象的詩歌才具有恆久的審美和藝術價值。

作家名片

郭沫若（1892—1978）
現代著名文學家

郭沫若，中國現代文學家、劇作家、歷史學家、考古學家、古文字學家。代表作有歷史劇《屈原》《蔡文姬》《武則天》等，詩集有《星空》《新華頌》《潮汐集》等。

作品檔案

《天上的街市》是郭沫若 1921 年 10 月創作的一首抒情詩。“五四”運動結束後，中國社會的變革並沒有實現，人們看不到國家的前途和希望，在苦悶中彷徨。詩人不滿現實的黑暗，熱烈憧憬著自由，期盼著人類理想社會的到來。在這樣的激情鼓舞下，他寫下了這首充滿了浪漫主義理想色彩的詩歌。

課文

天上的街市

郭沫若

遠遠的街燈明了，
好像閃著無數的明星。
天上的明星現了，
好像點著無數的街燈。
我想那縹緲[1]的空中，
定然[2]有美麗的街市。
街市上陳列[3]的一些物品，
定然是世上沒有的珍奇[4]。
你看，那淺淺的天河，
定然是不甚[5]寬廣。
那隔河的牛郎織女，
定能夠騎著牛兒來往。
我想他們此刻，
定然在天街閒遊。
不信，請看那朵流星[6]，
是他們提著燈籠在走。

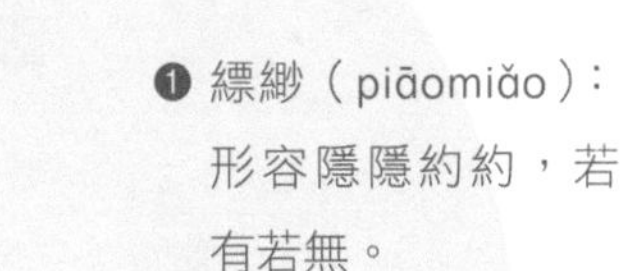

❶ 縹緲（piāomiǎo）：形容隱隱約約，若有若無。
❷ 定然：必定，表示肯定。
❸ 陳列：把物品擺出來供人看。
❹ 珍奇：稀有而珍貴。
❺ 甚：很。
❻ 流星：劃過夜空的天體形成的亮光。

課文分析

《天上的街市》以其豐富的聯想和大膽的想象引人矚目，備受稱讚。巧妙的聯想、奇特的想象、別致的意象、優美的意境、比喻生動而富有創造性是這首詩的特色。

詩人借瑰麗的想象來探索宇宙人生。縹緲夜空中的明星，被幻化為無數的街燈，空中的流星被想象為牛郎織女提著燈籠，傳說中的人物脫離了不安與痛苦，過上了幸福美好的生活。詩人創造了一個比自然更完美、更生動的幻想世界，其中隱含著對現實世界的不滿、憤怒以及幻滅的悲哀，寄託著作者對美好未來的追求，洋溢著浪漫的情懷，激起讀者的深切共鳴。

本詩結構嚴謹，由街燈聯想到明星，又由明星聯想到街燈，層次分明，環環相扣，首尾呼應，最後一句的“燈籠”和第一節的“街燈”“星星”相應，構成回環往復的互喻。結尾“是他們提著燈籠在走”，更是燭照全詩的點睛之筆，顯得意味無窮。

結構層次

第 1 層：由現實生活中的街燈，聯想到天上的街市。（第 1 節）

第 2 層：想象街市上陳列的物品和街市的繁華、美麗。（第 2 節）

第 3 層：想象天上牛郎織女的幸福生活。（第 3 至 4 節）

藝術手法

1. 逐步擴展聯想

這首詩運用了豐富的聯想，描畫出美好的意境。題目本身就充滿著神奇瑰麗的想象色彩，一開始就把人們引入想象的綺麗境界。作者先由地上的街燈聯想到天上無數的明星，再由天上的明星聯想到天上的街市，由街市再聯想到人。作者看到流星，聯想和想象出牛郎織女提著燈籠在天上遊走，過著美好的生活。詩人將主觀想象與客觀描寫相互結合在一起，層層聯想，步步遞進。天上人間、過去現在，無比豐富的聯想，無限大膽的想象，構成詩歌美好廣闊的畫面。

2. 改寫神話傳說

民間神話傳說中的牛郎織女，真心相愛卻被天上的王母怒責，因銀河相隔不能相聚。但在《天上的街市》中，詩人藉助大膽的藝術想象來改寫神話傳說，對傳統的牛郎織女的故事加以改造顛覆，變悲劇為喜劇，給黑暗悲慘的現實以光明的未來，表達了對未來的信心，並激勵讀者為了人民大眾所憧憬、追求的理想社會而努力。

3. 描寫虛實相生

《天上的街市》虛實結合，自然貼切。詩人由現實生活中的街市，聯想到天上的街市，在對眼前景物進行實際描寫的同時，展開心中對景物的聯想想象，描繪出虛構幻化的情景，想象逼真自然，畫面明麗優美，虛實相生的寫作手法，開拓出詩歌廣闊的意境，引起讀者無窮的遐想和回味。

4. 善用比喻對比

“街燈明了”現出“無數的明星”，“明星現了”燃亮“無數的街燈”。詩人將遙遠的街燈比喻為天上的明星，又將天上的明星說成是人間的街燈，這兩個美麗動人的比喻，使人間和天上融為一體，天上地下的美景相映生輝。

詩人描繪想象中的街市，與人間街市一樣有店有物，但又比人間的“珍奇”，且富足無比。天國裏“美麗的街市”的美好，與黑暗的社會現實形成了鮮明的對比；傳說中牛郎和織女被阻天河的悲涼悽慘，與詩人筆下在天國享受的自由和快樂景象形成了鮮明的對比；美麗的天國與醜惡的現實相對照，用了四個“定然”，堅定了人們的信心，鼓勵人們嚮往詩人所謳歌的光明未來。

5. 營造浪漫意境

《天上的街市》創造了平和安寧、浪漫神奇、引人入勝的意境。

作者選用了街燈、明星等意象，運用了比喻對比的手法，將筆觸從人間伸向天國，把地上天上融成一片，人間星空交相輝映，由景物寫到人情，由靜態寫到動態，將現實與傳說、過去與未來虛實交織，神奇美妙，顯示了神奇的藝術想象力，營造出繁華迷蒙神奇瑰麗的理想幻景，使人產生無限的遐思，喚起人們對未來和理想的追求嚮往。

6. 語言平實優美

這首詩風格恬淡，語言自然清新，韻律和諧優美。

詩的口吻平易、親切，“好像”“我想”“你看”……如同對最親近的朋友娓娓而談，在不知不覺中牽動著讀者的視線和思緒，使之和詩人一起去仰首星空，觀賞奇景，馳騁想象。“好像”用比喻方法，凸顯出想象的意味。“我想”表明了下面寫的都是作者的主觀想象。

詩的詞句精妙準確恰當生動，“閃著明星”中的“閃”形象生動而又準確地寫出了明星若隱若現的狀態。“點著街燈”的“點”很有表現力。用“縹緲”修飾“空中”，輕巧的筆觸略加點染，表現出天空的高遠深邃，幻想出天上世界美妙而朦朧的景象；用“那朵”來修飾“流星”，寫流星如同雲朵般飛動。

詩的語氣堅定，充滿信心。詩歌中所描繪的事物是聯想與想象而來的，但是詩人卻以斬釘截鐵的語氣加以肯定。多次使用“定然”，表明了作者堅信這樣的理想世界是存在的，未來的理想一定會實現的，人民大眾的生活會越來越美好的。這樣的語氣，鼓舞和感染了讀者。

練習

1. 在這首詩中出現了哪些物、哪些人？

2. 作者所描述的“天上的街市”是怎樣的？

3. 本詩是怎樣逐步展開想象的？請你概括出詩人所想象的內容及想象過程。

4. 閱讀全詩，填寫下表，分析作者如何從一樣東西聯想到另一樣東西。

由此物	聯想物
例：明星	街燈
縹緲的天空	
淺淺的天河	
流星	

5. “街燈”與“明星”兩者有何相同之處？作者根據什麼產生這樣的聯想？

6. 面對同一個事物，不同的人可能會產生不同的聯想，請將你聯想到的事物填寫到下表中。

由此物	聯想物
例：明星	街燈
街市	
街燈	
明星	

由此物	聯想物
珍奇	
天河	
流星	
燈籠	

7. 傳說中的“牛郎織女”是一個淒美的愛情故事，課文中想象的牛郎織女的生活跟神話故事中的牛郎織女的生活有什麼不同？是通過哪些詞語表現出來的？

傳說中的牛郎織女	詩人筆下的牛郎織女

8. 詩人為什麼要對傳説中的故事情節做這麼大的改動？通過描寫天上的街市、牛郎織女的生活，作者想表達什麼樣的思想感情？

9. 詩中的景物描寫多為虛實相生。全詩共四個小節，哪些是寫實的？哪些是想象的？試判斷以下幾項何者為虛，何者為實，並在適當的空格內填上√。

	虛	實
"遠遠的街燈明了"	☐	☐
"街市上陳列的一些物品"	☐	☐
"我想他們此刻，定然在天街閒遊。"	☐	☐
"是他們提著燈籠在走"	☐	☐

10. 比比看，誰擁有詩人的眼光，運用聯想和想象，從平常的事物中發現新奇的內容。

常見的物品	它們像什麼樣子？	它們用什麼材料製成？	它們有什麼顏色 / 味道？	它們有什麼用處？被什麼人所使用？
手提電腦				
照相機				
白板				
吉他				

以上這些常用的物品，都有一些固定的用途。現在你要發揮想象力，從一個全新的角度來看待這些常見的東西，想象它們還能有什麼別的用途。請自由發揮，寫出你能想到的所有用途，比比看誰寫的多。

物品	平常的用途 / 看法	你的新用途 / 看法

3.2 感受詩歌誇張的魅力

參考資源

本課參考資源可掃二維碼或登錄網站查看：
jpchinese.org/ibmypa3

探究驅動

小組合作完成下面的任務，並在班級分享。

1. 查看以下詩句的出處。
2. 朗讀並解釋其意思。判斷句子中的誇張屬於哪一類。
3. 你最喜歡哪一句？為什麼？

- 五嶺逶迤騰細浪，烏蒙磅礴走泥丸。
- 山，快馬加鞭未下鞍。驚回首，離天三尺三。
- 橫掃千軍如捲席。
- 三十八年過去，彈指一揮間。
- 危樓高百尺，手可摘星辰。
- 兩岸猿聲啼不住，輕舟已過萬重山。
- 白髮三千丈，緣愁似個長。
- 燕山雪花大如席，片片吹落軒轅台。
- 黃河之水天上來，奔流到海不復回。

講解

誇張是詩歌中經常運用的一種修辭手法，誇張幾乎是和詩歌同時共生的。詩人豐富的想象和濃烈的情感，正是利用了誇張的手法製造出特別的效果，才得以突出地表現出來，引起讀者的共鳴。

誇張的種類很多。按照時間，可分為程度誇張和超前誇張；按照程度，可分為擴大誇張和縮小誇張；按照構成，可分為直接誇張和融合誇張。直接誇張是指在事物原有的基礎上，從速度、程度、力量、時空、數量、時間、行為、情態等方面進行過度的誇大或者縮小，或予以絕對化，從而製造特別的效果，加深讀者的印象。

誇張具有凸顯的效果，在詩歌中，誇張使描寫對象的形象更加突兀生動；誇張起著變形的作用，在詩歌中，改變事物原貌創造出陌生的全新意象；誇張具有奇特的創造力，給詩歌增添浪漫的情趣與藝術的美感，給讀者留下想象回味的空間，產生深刻的影響。

作家名片

毛澤東（1893–1976）現當代優秀詩人

毛澤東，字潤之，傑出的政治家、戰略家、思想家，中華人民共和國的締造者和領導人。毛澤東的作品以舊體詩詞為主，影響深遠。代表作有《沁園春·雪》《七律·長征》《清平樂·六盤山》等。

作品檔案

《蝶戀花·答李淑一》是一首悼亡詞，詩人運用浪漫主義的誇張手法來抒發心中對親人和革命先烈的懷念之情，成為千古絕唱。此詞一經問世，便以非凡的氣勢和博大的情懷被廣泛傳誦，並以京劇、歌曲、評彈等不同的藝術形式在民間傳唱。

課文

蝶戀花[1]·答李淑一[2]

毛澤東

我失驕楊君失柳，

楊柳[3]輕颺[4]直上重霄九[5]。

問訊吳剛[6]何所有，

吳剛捧出桂花酒[7]。

寂寞嫦娥[8]舒廣袖[9]，

萬里長空且為忠魂舞。

忽報人間曾伏虎[10]，

淚飛頓作傾盆雨[11]。

❶ 蝶戀花：詞牌名，分上下兩闋，共六十個字，一般用來填寫多愁善感和纏綿悱惻的內容。自宋代以來，產生了不少以《蝶戀花》為詞牌的優美詞章，像宋代柳永、蘇軾、晏殊等人的《蝶戀花》，都是歷代經久不衰的絕唱。

❷ 李淑一：1901 年出生於書香門第，上中學時與楊開慧（毛澤東夫人）結為好友，1997 年病逝。

❸ 楊柳：楊開慧和李淑一的丈夫柳直荀（1932 年在湖北洪湖戰役中犧牲）。

❹ 颺（yáng）：飄揚。

❺ 重霄九：九重霄，天的最高處。古代神話認為天有九重。

❻ 吳剛：神話中月亮裏的一個仙人。據唐段成式《酉陽雜俎》，月亮裏有一棵高五百丈的桂樹，吳剛被罰到那裏砍樹。桂樹隨砍隨合，永遠砍不斷。

❼ 桂花酒：傳說是仙人的飲料。

❽ 嫦娥：神話中月亮上的仙女。據《淮南子．覽冥訓》，嫦娥（一作姮娥、素娥）是后羿（yì）的妻子，因為被迫吃了后羿從西王母那裏求到的長生不死藥而飛到月上。

❾ 舒廣袖：伸展寬大的袖子。

❿ 伏虎：指革命勝利。

⓫ 舞、虎、雨：這三個韻腳字跟上文的“柳、九、有、酒、袖”不同韻，作者自注：“上下兩韻，不可改，只得仍之。”

課文分析

《蝶戀花．答李淑一》以新穎的想象力構建奇特的詩境。詩人一反傳統的追逝悼亡慣用的方式，改變傾訴失去親人的兒女情長，而是運用新奇獨特的藝術構思，化用優美的神話故事，想象出楊、柳兩位烈士的忠魂直上九重霄，月宮中嫦娥為烈士舞蹈，吳剛為烈士敬酒，烈士聽聞勝利的喜訊，揮淚成雨灑向人間的深情動人的情節，刻畫了生動的英烈形象，歌頌了革命先烈生死不渝的革命信念以及作者對他們的無限懷念，體現出既蘊含中國傳統文化，又有革命浪漫主義精神的豪放灑脫的詩詞風格。

藝術手法

1. 刻畫英烈形象

“我失驕楊君失柳”一個“失”字，突出心愛的人已經陰陽兩隔，情感沉痛悲傷。“楊”是亡妻楊開慧，“柳”是烈士柳直荀；“楊柳”是作者夫人楊開慧和李淑一的丈夫柳直荀的一併簡稱。前一句實寫，後一句虛寫；“楊柳輕颺直上重霄九”虛實結合，將楊柳兩位烈士崇高而偉大的光輝形象凸顯出來。

詩人巧妙地把楊開慧、柳直荀的姓氏組合成楊柳，以“驕楊”稱愛妻，一字之差，別開新意，新奇壯美，意境頓出。“驕”是指壯健的樣子，傳統詩詞中歷來都用“嬌”字來形容女性美，而詩人用“驕”作修飾語來稱妻子，凸顯出英烈堅強不屈的形象，頓時讓悲哀、悲痛化作了敬重、敬仰，足見詩人對為革命而獻身的亡妻的懷愛之深、評讚之高。一字之中，有對楊開慧的愛，更有對她的欽佩，為她感到驕傲，她是巾幗英雄，女中豪傑！

2. 化用神話傳說

詩人對家喻戶曉的神話傳說故事進行了創造性運用，起到了刻畫人物突出主題的作用，賦予了古老的神話故事新的時代意義。

“寂寞嫦娥舒廣袖，萬里長空且為忠魂舞”，神話裏的嫦娥的形象是高冷、不食人間煙火的，這裏作者以浪漫主義手法寫出了嫦娥對二人革命犧牲精神的無限欽佩，忙著翩翩起舞歡迎二人的到來。“忠魂”二字讀來深沉，極具力量，他們是革命的烈士，仰望青天不見故人，徒留想念。

“寂寞”的嫦娥善良可人，為英烈所感動，舒展她寬大的衣袖，在萬里長空為烈士翩翩起舞，表現了她對烈士的敬仰；砍伐桂樹的吳剛，誠懇殷勤，也捧出月宮中珍貴的桂花酒敬獻給英烈，表達了對烈士的崇敬；這既是神話人物對英烈的敬仰，也是詩人對英烈的同情與崇敬。“忽報人間曾伏虎，淚飛頓作傾盆雨”的情節，則更是作者別出心裁的獨創，這裏的淚，既是烈士驚聞喜訊而落下的淚，也是二位神仙感於烈士的事跡而落下的淚，作者運用了誇張，將淚寫作飛如傾盆大雨，有力地襯托出先烈精神的偉大，高度頌揚了英烈為中國革命奉獻生命的壯舉。

3. 超常想象誇張

毛澤東的詩詞意象囊括百川、包羅萬象，情感誠摯深切、剛勁豪邁，他善於運用各種誇張手法渲染詩詞的磅礴氣勢與豐富的情感，體現出樂觀自信、豪邁曠達的氣質，創造出令人心馳神往、驚天地泣鬼神的詩歌意境。

《蝶戀花・答李淑一》充分運用了想象誇張的修辭手法，使詩歌產生了強烈感人的藝術力量。在中國傳統文化中，數字往往有其獨特的內蘊。詩人用“九”和“萬”這樣的數詞進行擴大誇張。“楊柳輕颺直上重霄九”，九重雲霄，指天的極高處，也就是進入仙境，這個高度的誇張讚揚了烈士的崇高偉大；“萬里長空且為忠魂舞”，萬里長空，指空間之極廣大，這個空間的誇張，頌揚了烈士的浩氣廣傳。詩人大膽運用誇張手法創造出超現實的天上人間、人神不分的神奇景象，把讀者帶進奇妙的幻想世界。

“忽報人間曾伏虎”，用了比喻誇張，把國民黨反動派比喻成惡虎，給讀者留下鮮明而深刻的視覺印象。“伏虎”喻指革命的勝利。“淚飛頓作傾盆雨”，忽然傳來“人間”打垮了國民黨反動派全國解放激動人心的消息，兩位烈士的英靈喜極而泣淚流如雨。這淚不是一般的淚，是混合著無限悲傷與歡喜的熱淚，天地有感大雨傾盆。“傾盆雨”將淚水誇張為傾盆大雨，表達詩人內心對革命終於成功的不勝感慨的情懷。“頓飛”二字，誇張了灑淚飛濺的動作，顯出了高亢遒勁的動態感，形象地表現了英烈的激動之情。

這些誇張既準確又形象，確實讓人耳目一新，把烈士英勇慷慨和悲壯的獻身精神宣泄得熱烈而又充分，產生出崇高的美感，讓讀者在新奇的感受中受到強烈的震撼。

練習

1. 小組活動，查找資料，瞭解這首詩詞的寫作背景，並在班級分享。
2. 作者寫這首詞的目的是什麼？這首詞抒發了作者怎樣的思想感情？

3. 解釋以下字詞的字面意思及其在詩歌中的意思。

字詞	意思	字詞	意思
楊		答	
柳		重霄九	
君		輕颺	
報		忠魂	
伏虎		驕	

4. 什麼是諧音與雙關？請舉例説明。

5. 這首詩歌中有哪些人物？他們之間的關係是怎樣的？

6. 詩人巧妙地借用神話故事表達了什麼情感？起到了什麼作用？

7. “忽報人間曾伏虎，淚飛頓作傾盆雨”一句採用了什麼樣的修辭手法？有何作用？

8. 小組合作：請閱讀詩歌中的句子，體會其中誇張的含義，説説句子使用了哪種誇張。

山被削成泥。
再削成雨。
海，抬起
連著天堂的腳上岸了。
在一瞬間
邁過了
這含羞草一樣的危城。

（選自王小妮《颱風》）

9. 小組討論：舉例説説誇張手法在詩歌中有何作用，能產生怎樣的藝術魅力。

3.3 識別詩歌的象徵寓意

參考資源

本課參考資源可掃二維碼或登錄網站查看：
jpchinese.org/ibmypa3

探究驅動

1. 複習象徵的概念，理解象徵與比喻的異同。
2. 試把下列圖片和背後的引申意義聯繫起來。

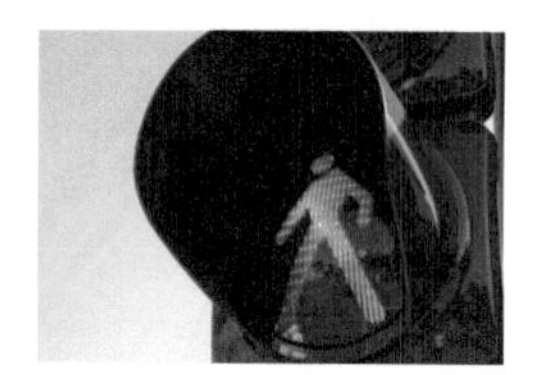

正義

講解

象徵是用某一具體特定的形象來表達抽象的觀念或情感的一種修辭手法，如用“龍”這種具體的形象來表達“中華民族”這個抽象的觀念。中國古今文學作品中經常借用植物的特點象徵人的品格。如，宋·周敦頤《愛蓮說》中，作者借用“蓮”的外形特點，象徵“正直”的人格品質，賦予了“蓮”鮮明的象徵意義。

我們經常讀到的詠物詩作，也是運用了象徵的手法，借用植物的特點象徵人的品格。

請利用互聯網及相關書籍，尋找以下事物的象徵寓意。

花中四君子	象徵寓意
梅	
蘭	
竹	
菊	

對現當代的詩歌來講，沒有象徵就沒有詩歌。詩歌可以選用人、景、物（動植物）、事件等各種意象或各種象徵意象進行創作，營造詩歌的意境。

作家名片

曾卓（1922—2002）當代著名詩人

曾卓，原名曾慶冠，筆名有柳紅、馬萊、阿文、方寧等，當代詩人、作家。出版作品有《門》《懸崖邊的樹》《老水手的歌》《曾卓抒情詩選》；散文集《美的尋求者》《讓火燃著》《聽笛人手記》《曾卓文集》等。

作品檔案

《懸崖邊的樹》是一首詠物言志的詩歌。1955 年曾卓因受"胡風案"牽連被捕入獄，蒙冤受難長達二十五年，忍受著靈魂和肉體的雙重煎熬。1970 年曾卓在獄中寫了這首詩，表達出了當代中國知識分子歷經苦難卻又懷著堅定信念不為逆境所屈服，敢於與命運抗爭的精神氣質與人格力量。

課文

懸崖邊的樹

曾卓

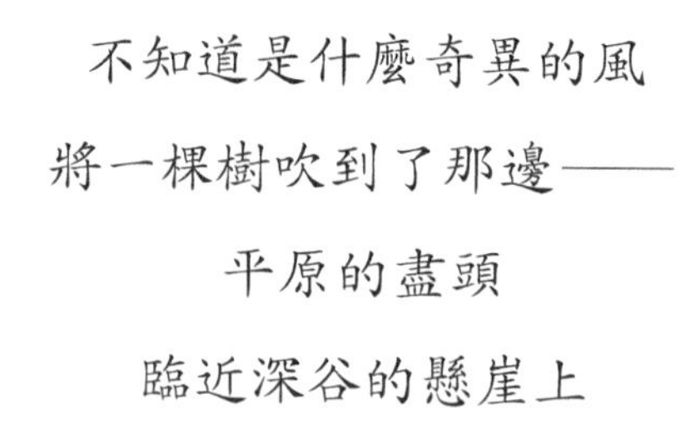

不知道是什麼奇異的風
將一棵樹吹到了那邊——
平原的盡頭
臨近深谷的懸崖上

它傾聽遠處森林的喧嘩
和深谷中小溪的歌唱
它孤獨地站在那裏
顯得寂寞而又倔強

它的彎曲的身體
留下了風的形狀
它似乎即將傾跌進深谷裏
卻又像是要展翅飛翔……

（選自《懸崖邊的樹》，四川人民出版社，1981 年）

課文分析

《懸崖邊的樹》刻畫了一棵獨處懸崖生死境地、飽受風雨吹掠折磨的樹，突出它堅韌倔強意欲飛翔的身姿，來象徵那些在夾縫中求生存，在困境中不屈服，在苦難中不絕望的人們，頌揚一種信念不可摧毀，意志不可戰勝的人格精神，具有鮮明的時代意義。

藝術手法

象徵

選用象徵意象突出象徵寓意，是本詩最突出的藝術特色。

兩個象徵意象“風”與“樹”形象逼真，寓意深厚，全詩的意義正是通過這兩個象徵意象體現出來的。

“不知道是什麼奇異的風”，“不知道”，也許是說不清的，這裏蘊含了一種無奈的歎息。此處的風是自然的風，更是社會政治之風。詩人生活的時代，是一個政治風氣不斷變化的時代，這些“風”影響了一代知識分子的命運。作者用“奇異”一詞，突出其不正常，表示出作者強烈的情感色彩甚至是批判的態度。“將一棵樹吹到了那邊——平原的盡頭 / 臨近深谷的懸崖上”，風把樹吹颳得幾乎跌身懸崖，瀕臨深淵，幾近死亡。這樣的情景，象徵了詩人和那一代知識分子的生存困境，是對一代知識分子命運的高度概括。

“樹”是本詩的核心意象，詩人將“樹”人格化，賦予它人的心理活動和思想情感，突出刻畫了“樹”的形象和性格特徵。“它傾聽遠處森林的喧嘩 / 和深谷中小溪的歌唱”，遠處有“森林”的喧嘩，那是樹本應該置身的地方，可現在它卻遠在他方，只能“傾聽”；深谷有小溪水流淌，那是樹渴望的食糧，可現在它只能遠遠地聽著水聲歌唱。樹一無所有，遠離本應屬於它的一切，“它孤獨地站在那裏 / 顯得寂寞而又倔強”。孤獨是它的形象，寂寞是它的命運，倔強是它的性格和力量。這是樹，更是人，是中國當時一代知識分子的象徵。他們像樹一樣，即使在這樣的處境中，信念依然，理想仍在，依然關注著遠方。不僅如此，他們的追求從來沒有放棄過，就如遠方的“喧嘩”和“流水”一樣，不曾靜止與停頓。

詩人非常巧妙地設置出“樹”與“風”兩個意象之間矛盾對立又相輔相成的關係。風對樹產生了不可磨滅的影響，在樹的身上“留下了風的形狀”，將樹吹得彎曲了身體，“即將傾跌進深谷裏”，但就在同時風也賦予了樹奇異堅韌的力量，絕境中的樹，可以憑藉這種力量“展翅飛翔……”這是多麼具有非凡想象的創意，這樣的意象關係可以引發讀者的許多聯想。風與樹的互動，深化了詩歌的象徵意蘊，具有發人深思的藝術效果。奇異的風，沒有將這一代知識分子毀滅，反而強化了一代知識分子忍辱負重、不屈不撓的精神與靈魂。

意象與意境

詩中有一系列相互關聯的眾多意象：“風”“平原”“懸崖”“森林”“深谷”“小溪”都在為突出詩歌的核心意象“樹”服務。詩人用獨特的自然意象，來表現人的精神品貌。

作者選用了這些人們習以為常的物象，它們每一個都具有形象鮮明、內涵豐富的特點，極易調動讀者的經驗，引發人們的聯想與想象。特別是當這些意象組合在一起，就構成了相互對比映襯、高低錯落有致、動靜相宜、生動立體的畫面：如艱難站立的“樹”、無情吹颳的“風”；高高的“懸崖”、開闊的“平原”與無底的“深谷”；喧嘩的“森林”、歌唱的“小溪”。對比意象構成了詩歌的張力，營造出一種特別的美感，構成有聲有色、有情有味、高遠開闊的立體畫面，展現出多維度多層面的詩歌意境。

託物言志

《懸崖邊的樹》無處不是在寫樹，又無處不是在寫人。詩人緊緊抓住樹的品格，把主觀的、哲理性的思考和客觀的、感性的形象有機地融合起來，從而賦予了“樹”深厚的內涵。“樹”的飛翔也是人意志的飛翔，表達了人對理想的執著追求，樹處絕境欲飛翔，象徵了人雖九死而不悔的精神。懸崖邊的樹，是中國知識分子理想化人格的一個象徵。

語言特色

全詩語言凝練而含蓄，字詞中熔鑄了情感色彩，鮮明生動，感染力很強，如“不知道”“奇異”“留下了風的形狀”，令人回味和遐想。

練習

1. 課堂活動：當你獨自在黑暗中

（1）閉目想象一下你在一種特定的環境中，四周一片漆黑，無人、無聲、無息。
請你描述這種情景：在什麼季節、什麼天氣、什麼地方、你獨自一人在黑暗中幹什麼？描述你聽見的聲音、聞見的味道 、你觸摸到的，告訴讀者你當時的所想、所感，把這一切列成一個簡表。

小提示

不同的人感覺想象不一樣，注意專注於自己的感受和體驗。

聽見的聲音	聞見的味道	觸摸到的	所想	所感

（2）你覺得黑暗有沒有象徵意味？象徵的是哪一種情緒、感受？是和孤獨、恐懼有關的情緒嗎？請你仔細想一想，和大家談一談。

黑暗	象徵意	感受

(3) 你覺得哪些顏色有象徵意味？為什麼？

顏色	象徵意	原因

(4) 你覺得哪些物體（包括植物、動物、景物、事物）具有象徵意味？為什麼？

物體	象徵意	原因

(5) 哪些自然意象有象徵意味？為什麼？

自然意象	象徵意	原因
風		
雨		
雷		
電		

2. 詩歌中的樹和一般的樹有什麼不同？請你從作品中找出三個例子加以說明。

例 1

例 2

例 3

3. 仔細閱讀《懸崖邊的樹》，尋找詩歌中的象徵意象有哪些，填寫下表。

意象	象徵什麼	相互間的連結點 / 相似點	象徵意義
懸崖邊的樹			

4. 課堂口頭交流：這首詩有怎樣的象徵寓意？説説你的看法。

5. 詠物詩有什麼特點？作者如何借物喻人？

（1）詩歌抓住了這棵樹的什麼特點來描寫？

（2）作者使用了哪些修辭手法把這棵樹形象化、人格化？

（3）作者對樹做出哪種假設、想象或者幻想式的刻畫？把樹當成了什麼樣的人？這種人具有什麼性格特點？

6. 從作者對這棵樹的描寫中，你看到了作者表達了怎樣的情感？請從詩歌中舉例加以説明。

7. 詩歌的開頭營造了一種什麼樣的氛圍？這種氛圍有什麼象徵寓意？請舉出詩歌中的詞句加以說明。

8. 如何理解最後兩行詩？

9. 詩中的“樹”為什麼要傾聽那些喧嘩和歌唱？

10. 欣賞下面的詩作。

卜算子·詠梅

毛澤東

風雨送春歸，飛雪迎春到。

已是懸崖百丈冰，猶有花枝俏。

俏也不爭春，只把春來報。

待到山花爛漫時，她在叢中笑。

（1）朗讀作品。細讀詩歌進行分析，以 PPT 的形式在班裏和同學交流，內容包括：

- 詩歌的意象特點
- 詩歌的節奏與韻律 / 結構特色
- 詩歌的語言特色
- 詩歌的主旨與內涵
- 詩歌中表達的見解與人生哲理

（2）欣賞詩歌的象徵意象以及象徵寓意，寫一篇短文。

3.4 領略詩歌的語言張力

參考資源

本課參考資源可掃二維碼或登錄網站查看：
jpchinese.org/ibmypa3

探究驅動

小組合作，閱讀研討。

分析下面詩歌的意象，請找出構成矛盾對立的意象關係，說說這種特殊關係產生了怎樣的效果。

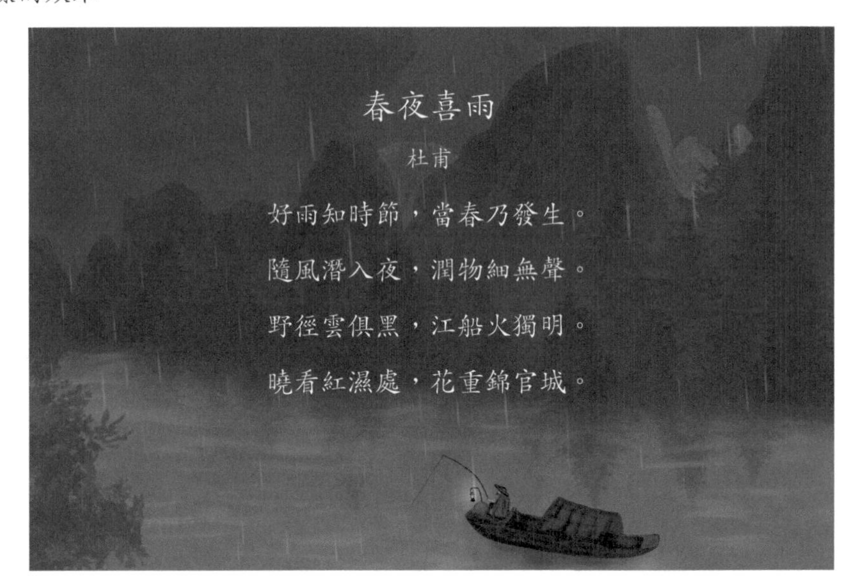

講解

張力是現代詩歌理論的一個重要概念。有人說，詩的意義全在於詩的張力。張力存在於詩歌語言，構成要素是字面意義外延與蘊含的意義內涵之間的關係，具體說來就是字面意思的明確形象是張力賴以產生的基礎，在此基礎上產生出蘊含深刻的哲理內涵賦予了詩歌張力的魅力。

詩歌的張力也是由意象之間矛盾對立統一的二元對立關係構成的。作品中不和諧或對立的元素，如明與暗、悲與喜、快與慢、悲傷與滑稽、靜思與行動、過去與現在、抽象與具體、永恆與短暫，矛盾與互補等組合在一起，它們之間排斥、否定、對抗，以及替代、轉化，形成既對峙又依存的緊張狀態，使作品內容具有更深厚的包容量，表達的情感更加複雜豐富，意蘊內涵更加多重含蓄，詩歌的內容變得多層面、更深入，也可以變得多向度、更廣泛，因而構成詩歌的張力。

作品檔案

徐志摩短暫的一生經歷了無數的偶然和無奈，卻始終沒有改變對愛、對自由和對美的追求，並把瞬間的感悟和體驗凝聚在了永不褪色的詩篇裏。《偶然》一詩在徐志摩的詩歌創作中具有獨特意義，它表現了詩人對生命和生活的感悟，給讀者留下了充分的想象空間。

課文

偶然

徐志摩

我是天空裏的一片雲，
偶爾投影在你的波心——
你不必訝異，
更無須歡喜——
在轉瞬間消滅了蹤影。
你我相逢在黑夜的海上，
你有你的，我有我的，方向；
你記得也好，
最好你忘掉，
在這交會時互放的光亮！

課文分析

徐志摩的《偶然》體現了此類作品的幾個明顯特點：

主旨明確

用詩歌的標題突出詩歌的主旨。抒情人“我”，用第一人稱。借用客觀的事與物的特徵，表達主觀的見解和哲理，以自然界中的“偶然”，來陪襯人事聚合中的“偶然”，極為和諧優美地傾訴了“偶然”的短暫及珍貴。

詩歌採用敘述的手法，直接抒發主人公的情懷：“我是天空裏的一片雲”，描繪雲朵投影於波心的自然現象，作者對此表達了自己的見解，看似瀟灑曠達，其實透露出惋惜和惆悵。接著，作者把自然和人事聯繫在一起，人與人偶然相逢在特定的環境，在各自航行的流離動盪中，更加增添了偶然性和短暫性。相聚是美麗的，但分離是必然的，因為“你有你的，我有我的，方向”。離別後的忘卻很難，因為我們畢竟在“交會時”互相放射出了“光亮”。但既然是“偶爾”，注定是短暫的，還是應該“忘掉”。作者反覆的議論，表達出一種複雜的心情和感受，凝聚著深情的眷戀、豪放的曠達、激情的瀟灑的情感。

美感突出

詩歌的情感與觀點：人生追求的方向。

《偶然》共兩段十行，作者化虛為實，把一個抽象的時間副詞“偶然”形象化，象徵性詩意化地闡明一種人生哲理。詩歌的意象精美，結構巧妙，充滿情趣。全詩兩節，上下節格律對稱。每一節的第一句，第二句，第五句都是用三個音步組成。如：“偶爾投影在你的波心——”“在這交會時互放的光亮！”；每節的第三、第四句則都是兩音步構成，如：“你不必訝異，”“你記得也好，最好你忘掉，”；長音與短音相間，嚴謹中不乏灑脫，讀起來委婉頓挫而朗朗上口，具有音樂的美感。

張力突出

這首詩一向被視為徐志摩人生歷程意象化的濃縮。詩歌既有總體象徵，又有局部性意象象徵。詩歌內部的二元對立關係充滿著諸種不易察覺的張力。獨特的“張力”使此詩富於藝術魅力。

詩題與文本間蘊蓄著一定的張力：抽象的標題，與實在的內容。

作者在這抽象的標題下，寫的是兩件比較實在的事情，一是天空裏的雲偶爾投影在波心，二是“你”“我”（都是象徵性的意象）相逢在海上。抽象和具象的二元對立及矛盾統一構成了張力。

詩歌意象之間並存著的二元對立的事物及其關係：

- “你 / 我”就是一對“二元對立”
- “你不必訝異 / 更無須歡喜”
- “你記得也好 / 最好你忘掉”
- “你有你的，我有我的，方向”
- “偶爾投影在波心”或是“相逢在海上”

這些“二元對立”式的情感態度中隱含著主題意蘊。無論哪一種選項，都說明了你我是人生旅途中擦肩而過的匆匆過客；“你”“我”因各有自己的方向在茫茫人海中偶然相遇，雖然我們在相遇交會時放出光芒，但終將擦肩而過，各奔自己的方向。這種偶然和必然、既有相同卻又相異、既有同道而行卻又背道而馳的二元對立，包容在了一起，歸結在關鍵的詞語“方向”上。

詩歌選用的意象以及詞句所構成的二元對立的要素，建立起了詩歌的核心主題意蘊。讀者可以在作品中尋找到這一系列的二元對立要素背後的象徵意義，感悟到詩人在人生道路上自由選擇追求自己的方向的情懷。

由此我們可以探尋到詩歌文本的深層象徵寓意：遵循二元對立的原則，你和我，以及所有人的行為構成一種模式，這種模式具備深刻的文學內涵，顯示出文學與人類生活的關聯：在人生道路上，自由選擇追求自己的方向，永不停歇地追尋，是人類行為的動力與必然。

練習

1. 全班同學圍坐在地上輪流表演朗讀這首詩歌，彼此相互聆聽。然後討論，朗讀者的聲音、語調，以及表情和動作如何影響到所表達的意思和聽眾的理解？為什麼？
2. 閱讀詩歌，按照下表的順序，簡單地記錄下自己閱讀分析的結果。

小提示

相同的文字可以有多種的演示表達方法。

分析對象	具體特點	詩歌的內容情感	深層蘊涵
標題			
語詞含義			
意象選用			
節奏與音韻			
語言特點			
結構與佈局			
獨特的表現手法			

3. 詩歌作品如何運用象徵意象表達生動的思想感情？

4. 閱讀詩歌，説説看文本中有哪些二元對立關係？詩歌的張力如何構成？

5. 以小組為單位，閱讀文本，找出你們看到有哪些關鍵的文本特徵，填寫下表。

文本特徵	作品實例
結構形式	
意象選用	
節奏韻律的特色	
二元對立的元素	
詩歌的張力	
象徵寓意	
情感色彩	
觀點與見解	
主旨與內涵	

6. 討論分享：這首詩歌表達了作者對人生怎樣的看法觀點？這些觀點如何傳遞給讀者？作為讀者你是如何感受的？你贊同嗎？為什麼？

第四課 提升鑒賞品味的表達能力

4.1 由表及裏捕捉含蓄的美感

4.2 欣賞節奏旋律和諧的樂感

4.3 根據引導題確定賞評要點

4.4 聚焦新穎點開拓賞評思路

4.1 由表及裏捕捉含蓄的美感

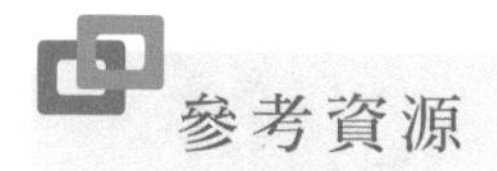

參考資源

本課參考資源可掃二維碼或登錄網站查看：jpchinese.org/ibmypa3

探究驅動

詞語重組，寫出詩句。

從下面的各欄中各選一個字、詞，把它們串聯起來組成新奇有趣的句子。不要怕離奇古怪，把新奇有趣當成目標。

例句：讓煩悶懶懶地淹沒黃昏。

動詞	名詞	副詞	動詞	形容詞、名詞
給	風	輕輕地	吹落	帽子
被	美	用力地	撞到	一生、一刻
拿起	生命	恨恨地	糾纏	整個冬天
將	永恆	溫柔地	啃掉	終身
替	晚霞	偷偷地	吞噬	一夜
讓	煩悶	懶懶地	淹沒	黃昏
陪	白色	張牙舞爪地	騙	黎明

講解

詩歌語言的特點

詩是語言的藝術，詩歌使用文字經營畫面，要在儘可能小的篇幅內，凝聚儘可能豐富的詩意，表達最豐富的思想情感。為了達到“意在言外”“不著一字，盡得風流”的藝術效果，詩歌的語言必須含蓄多義、形意結合、蘊藉深厚，同時也要精煉優美、形象鮮明。詩歌語言要在字義、色彩、音韻等方面與內容貼切，具有色彩感、具體感，讓讀者能從視覺、聽覺、嗅覺、感覺和觸覺方面感知形象。擬聲詞、語氣詞，迭字、迭詞、迭句等有助於寫景狀物，傳情達意。

詩歌的語言含蓄多義。詩歌的字詞具有兩重含義：字面義和暗含義。字面義就是字面的直接意思，暗含義是指字詞中所隱含和暗藏的引申、雙關、比喻、象徵等種種意思。看詩歌，首先要理解字詞的表層語義，然後再進一步理解字詞的暗含義。

理解字面的意思比較容易，因為它們是借對客觀事物的描繪表達出來的，是形象鮮明、可視可感的；理解暗含的意思比較難，因為它們是詩人用隱喻的方式隱藏起來的。讀者在閱讀時，必須通過聯想的方式，在字面和暗含的意思之間找到相互對應的聯繫，才能挖掘出詩人運用隱喻象徵的手法間接表現出的內在含義，理解詩人的主觀情感及抽象哲理。

作家名片

艾青（1910–1996）
現代著名詩人

艾青，原名蔣正涵，現當代文學家、詩人、畫家。一位中國新詩發展史上產生過重大影響的詩人，在國際上也有影響。1985 年，法國授予艾青文學藝術最高勳章。代表作品《大堰河——我的保姆》《艾青詩選》。

作品檔案

《我愛這土地》寫於 1938 年。那一年武漢失守，抗日戰爭全面爆發，全國處於艱難的抵禦階段，中華民族遭受著侵略者無情的踐踏。在這樣的時代背景下，詩人把“土地”作為歌唱的對象，充分表達了對祖國的摯愛和對侵略者的仇恨，抒發了對祖國這片土地的熱愛，以及為祖國獻身的崇高精神。

課文

我愛這土地

艾青

假如我是一隻鳥，
我也應該用嘶啞的喉嚨歌唱：
這被暴風雨所打擊著的土地，
這永遠洶湧著我們的悲憤的河流，
這無止息地吹颳著的激怒的風，
和那來自林間的無比溫柔的黎明……
——然後我死了，
連羽毛也腐爛在土地裏面。

為什麼我的眼裏常含淚水？
因為我對這土地愛得深沉……

課文分析

《我愛這土地》這首詩的字面意思清晰明白，作者用準確的字詞刻畫出“鳥”的鮮明形象。詩歌以“假如”開頭，抒情主人公“我”自喻為一隻用嘶啞的喉嚨歌唱的鳥，從“鳥”的視角，俯視著戰火中苦難的土地所遭受的一切不幸，為之悲憤、焦慮、痛苦，用已經“嘶啞的喉嚨”不知疲倦地吶喊呼號。即使這樣也不足以表達詩人極致的情感，所以這隻鳥不僅用全部的生命歌唱，就連死後，也要把自己的一切奉獻給這片土地，“連羽毛也腐爛在土地裏面”。

仔細分析就不難發現，作者採用了擬人、比喻、象徵的手法，在精心刻畫鳥的形象的字裏行間隱含著自己主觀的情感，用了象徵的手法以鳥自喻，間接表達了自己作為一個熱愛祖國的知識分子，對侵略這片土地造成無窮災難的敵人的痛恨，對遭受無盡苦難的國家和人民寄予無限的傷悲。因為這一切，詩人要堅韌不屈地抵抗和鬥爭，要把自己的一切都奉獻給這片土地和人民。

讀者在閱讀時，必須通過聯想的方式，在字面和暗含的意思之間找到相互對應的聯繫，從具體的字詞中，找出特定的修飾詞語的字面意思，進一步挖掘出字詞形象之內隱含的隱喻象徵性含義。如，

字面意思	隱含意思
這被暴風雨所打擊著的土地	戰爭殘酷，國家人民在日本帝國主義侵略者的鐵蹄下正遭受苦難
這永遠洶湧著我們的悲憤的河流，這無止息地吹颳著的激怒的風	中國人民大眾滿懷悲憤滿腔怒火地掀起前赴後繼、不屈不撓的反抗日本帝國主義的鬥爭
然後我死了，連羽毛也腐爛在土地裏面	對這片土地強烈透徹毫無保留的奉獻，對這片土地深沉又執著的愛
鳥的“嘶啞的喉嚨”	人竭盡全力的吶喊呼號
溫柔的黎明	苦難過後勝利的前景 祖國美好未來和人民的幸福

為了更好地找到字面和暗含的意思之間的關聯，讀者要特別關注詩歌語言的細微之處，如字詞的選用、語句的安排、修辭手法的使用等等。

在這首作品中，要分析作者如何精選了字詞作為意象，如“土地”“河流”“風”“黎明”等，並善於加上大量的形容詞和修飾語，如“悲憤的”“激怒的”“溫柔的”等來賦予這些意象情感色彩，構成用“的”字組成的長句，來增強詩句的韻律感和節奏感。作者讓每一個詞都浸透了自己的情感，所以整首詩歌讀起來就有一種哭嚎長歎、回味

無窮的感覺，淋漓盡致地抒發了詩人摯誠深沉的情懷，引起讀者的共鳴。

特別值得關注的還有詩歌的結尾。詩人以一個疑問句“為什麼我的眼裏常含淚水？因為我對這土地愛得深沉……”展開直接抒情，直抒胸臆，結束全詩，讓“我”的形象更加突出。讀者從中可以看到一個一邊擦乾眼中的淚水，一邊獻身奮鬥的戰鬥者的形象，這既是“我”的行為的詮釋，更是“我”生命不息奮鬥不止的決心。這一句朗朗上口的警句，凝聚了全詩的精華，昇華了詩歌的情感，抒發了那個時代華夏兒女共同的心聲。

由上可見，只要找到了字面和暗含的意思之間的關聯，就可以較好地解讀詩歌。《我愛這土地》表達了詩人決心像這隻看似微不足道的小鳥一樣，雖然飽受磨難，拚盡全力用整個生命為苦難中的祖國發出不屈的聲音，至死不渝。活著要面對千難萬險，不停息地對大地歌唱，用自己的歌喉發出不屈的聲音，死後也要投身土地的懷抱，把自己的一切奉獻給所摯愛的土地。詩人從生寫到死，表達了願為祖國毫無保留地獻出一切的決心。

練習

1. 詩歌選用了哪些意象？這些意象有什麼特點？具有怎樣的象徵意義？

2. 詩歌中鳥兒歌唱的“土地”“河流”“風”的前面分別有“暴風雨所打擊著的”“悲憤的”“激怒的”，這些修飾語有什麼作用？

3. 詩句“然後我死了，連羽毛也腐爛在土地裏面”這句話有何深意？

4. 朗讀下面的句子，試分析作者善於使用長長的修飾語，起到了什麼作用。

這被暴風雨所打擊著的土地，

這永遠洶湧著我們的悲憤的河流，

這無止息地吹颳著的激怒的風，

和那來自林間的無比溫柔的黎明……

5. 請重點分析紅色的字詞，按照自己的理解，指出字面和蘊含的意思，說出作者用了什麼修辭手法加以描寫。

詩句	語言的字面意思	暗含義	引申 / 雙關	比喻 / 象徵
假如我是一隻鳥，				
我也應該用嘶啞的喉嚨歌唱：				
這被暴風雨所打擊著的土地，				
這永遠洶湧著我們的悲憤的河流，				
這無止息地吹颳著的激怒的風，				
和那來自林間的無比溫柔的黎明……				
——然後我死了， 連羽毛也腐爛在土地裏面。				
為什麼我的眼裏常含淚水？ 因為我對這土地愛得深沉……				

6. 請仔細閱讀下面的句子，找出句子中“意（情）”與“象（景）”各是什麼？作者如何巧妙地將它們結合在句子中？

句子	意（情）	象（景）	兩者如何結合	效果
這被暴風雨所打擊著的土地，				
這永遠洶湧著我們的悲憤的河流，				
這無止息地吹颳著的激怒的風，				
和那來自林間的無比溫柔的黎明⋯⋯				

7. 感受現代詩歌在選用詞語上如何遣詞造句，運用意象的結合來表達情感，構成自己的風格據意選象。

（1）想想看，根據已有的“意”填寫對應的“象”。

意	孤獨	悲傷	歡喜
象			

（2）據象選意，根據已有的“象”填寫對應的“意”。

象	鑽石	黃金	泥土	小草	石頭
意					

4.2 欣賞節奏旋律和諧的樂感

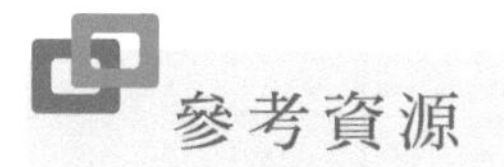
參考資源

本課參考資源可掃二維碼或登錄網站查看：
jpchinese.org/ibmypa3

探究驅動

閱讀下面的小詩，逐句分析作者使用了哪些修辭手法，達到了什麼藝術效果。

竹枝詞

劉禹錫

楊柳青青江水平，聞郎江上唱歌聲。

東邊日出西邊雨，道是無晴卻有晴。

詩句	修辭手法 / 例子	藝術效果
楊柳青青江水平，		
聞郎江上唱歌聲。		
東邊日出西邊雨，		
道是無晴卻有晴。		

講解

詩歌的旋律節奏

詩歌通過有規律的節奏、和諧的韻律傳達出情感和意蘊。詩歌的音樂性有助於表達詩中的強烈感情。詩人為了突出一種情緒，強化一種情感，會採用字句音節的重複、回環、變化等手段達到預期的效果，給讀者留下深刻的印象。旋律節奏本身就是情感內容的一個組成部分。中國古代格律詩對韻律有嚴格的要求，把它們看作是詩歌的重要元素。對現代詩歌來說，和諧的音樂性仍是不可或缺的要素。

優秀的詩歌作品具有音樂的節奏韻律。詩歌中使用的字句要有恰當的語氣語調，有規律的押韻、和諧的節奏，形成詩歌朗朗上口、抑揚回環的音樂美感。在詩作中，音樂性主要通過幾個方面體現出來：

1. 押韻

押韻指的是詩句末尾的一個音節的韻母要相同或相似。起伏的音調變化和交替出現的韻腳，造成了特定的音節，就能傳達出特定的神韻，表現詩歌特有的意味。全詩通押一韻，就把詩歌的各個部分連接為一個整體；押韻得當，詩歌的情感內容就會得到渲染和強化，詩歌讀起來就會上口好聽，體現出音樂美、聲音美、節奏美的藝術效果，給讀者愉悅的美感。

2. 聲調

聲調是指發音過程中音高和音長的變化。音韻、語調與情感之間有著密切的關係，在表達情感上有一定的規律。開口度較大的韻字，易於表現高昂的情感，傳達慷慨之意；反之，則易於表現悽婉之情，傳達悲傷抑鬱之意。語調，比字詞的語音更能表現感情，長句平緩顯得平靜，短句急促顯得激動迫切。語氣的變化，往往反映出了詩人的情感傾向和鮮明的態度，比如羡慕的、驚奇的、深情的、熱烈的，或者鄙視的、諷刺的、輕蔑的語氣，都直接鮮明地表現出人物的情感傾向，傳達出滲透了褒貶情感的信息。聲調的高低起伏、長短快慢表現不同的情緒、氣氛。聲調與語氣或者歡快或者哀愁，配合著歌唱或者是哭泣，本身也是內容的一部分。所以，欣賞詩歌一定要讀出聲來，品味其中的音韻美。

3. 節奏

節奏是體現詩歌音樂性的重要因素。在大自然和生活中，任何事物都有節奏，詩歌的節奏是和詩人內心情感變化相互一致的，它符合人的呼吸調節以及生理感覺的節奏。有人說詩歌的節奏是人心跳的節奏，是人呼吸的節奏，就是這個道理。詩人的情緒平和時，詩歌的節奏就較為舒緩；詩人的情緒激動時，詩歌的節奏就較為急促。詩歌節奏的快慢、強弱，可以將人物內在的情緒律動、情緒的變化、感情的波動和外在的韻律、聲音節奏和旋律感完美地結合在一起。

詩歌的節奏是從作品中字句的組合和有規律的停頓安排上表現出來的。在漢語中，一個字一般是一個音節，有獨立意義的單音節、雙音節或多音節構成一個音組，每組後面有或長或短的停頓。古詩的節奏一般是五言詩為“二、二、一”；七言詩為“二、二、二、一”，新詩的節奏則自由開放，獨特創造，變化中各有規律。

作家名片

聞一多（1899–1946）現代著名詩人

聞一多，原名聞家驊，現代藝術家、學者、詩人。中國革命史上傑出的民主戰士。朱自清說他是中國抗戰前“唯一的愛國新詩人”，“也是創造詩的新格律的人”，“他創造自己的詩的語言”。代表作品有詩集《紅燭》和《死水》。

作品檔案

聞一多是一位學貫中西的現代詩人。他的詩作數量不多卻獨具特色，以感情深厚、藝術精美見長。在內容上具有極強烈的民族意識和民族氣質，表現出對國家人民熱烈深沉的愛，對黑暗現實厭惡不滿的恨，憎愛極其分明。在形式上既吸收了西方詩歌音節體式的長處，又保留了中國古典詩歌的格律的傳統，極具開創精神。在理論上提出了創造新格律詩的主張，並通過自己的詩歌創作進行實踐。《死水》就是聞一多理論與實踐完美結合的一個代表作品。

1922 年作者旅美留學，留學期間他經歷了華人在海外備受歧視的屈辱，更增強了自己對祖國的思念與深愛，可以想象祖國的美好的一切賦予他在海外生存的勇氣和力量。1926 年他終於回到祖國，懷揣著滿腔的憧憬、渴望和期待。可眼前的中國，絲毫看不到他心中理想的情景，軍閥統治、國亂不堪、民不聊生，現實的黑暗醜惡遠遠超出了他的想象，他無法接受。在無比痛苦之中，他寫下了這首詩歌《死水》。

課文

死水

聞一多

這是一溝絕望的死水，
清風吹不起半點漪淪。
不如多扔些破銅爛鐵，
爽性潑你的剩菜殘羹。
也許銅的要綠成翡翠，
鐵罐上繡出幾瓣桃花。
再讓油膩織一層羅綺，
黴菌給他蒸出些雲霞。
讓死水酵成一溝綠酒，
漂滿了珍珠似的白沫；
小珠們笑聲變成大珠，
又被偷酒的花蚊咬破。

那麼一溝絕望的死水，

也就誇得上幾分鮮明。

如果青蛙耐不住寂寞，

又算死水叫出了歌聲。

這是一溝絕望的死水，

這裏斷不是美的所在，

不如讓給醜惡來開墾，

看他造出個什麼世界。

課文分析

聞一多是我國新格律詩最早的探索者和創建者之一。他強調新詩要具備“三美”：音樂美，指音節和旋律的美；繪畫美，指詞藻的運用要體現出漢字象形文字的視覺美感；建築美，指詩歌小節的對稱和句子排列的整齊。三美之中又以音樂美為先。他的詩歌特別講究和諧的音節、整飭的詩句，體現出詩歌和諧優雅的音樂美。

《死水》是聞一多自認“第一次在音節上最滿意的實驗”，是新格律詩的代表作之一。全詩的節奏特別鮮明，遣詞用句繪聲繪色，勻稱和諧，朗朗上口，既有視覺上的美感，又有聽覺的優美，充分體現出旋律音樂之美。

音樂的美主要來自詩歌節奏的統一和韻腳的和諧，對音節來說，指的是一行詩中的音組、音頓的排列組合要有規律。《死水》全詩共五節，每節四行，每一行九個字：

這是一溝絕望的死水，

清風吹不起半點漪淪。

構成四個音組，節奏一般是“2-2-3-2”式，即兩個兩字一頓，一個三字一頓，再接一個兩字一頓，如，

這是 / 一溝 / 絕望的 / 死水，

或者“2-3-2-2”式，即一個兩字一頓，一個三字一頓，再接兩個兩字一頓，如，

清風 / 吹不起 / 半點 / 漪淪。

還有“3-2-2-2”式，即一個三字一頓，三個兩字一頓，如，

鐵罐上 / 繡出 / 幾瓣 / 桃花。

每一句讀起來是 2-2-3-2 或 2-3-2-2 或 3-2-2-2 的節奏，最後的兩字一頓以雙音節收尾。雖然在停頓的順序上有些差別，不完全相同，每一行的音組總數是一樣的，都是

四個音組。在朗讀時能清楚地感受到既整齊統一，又變化有致，形成了一種朗朗上口、錯落有致、抑揚頓挫的節奏美感。

《死水》的韻腳安排也極為講究。詩句隨著感情的變化而換韻，全詩 20 句，排列整齊劃一，均押二四腳韻。

這是 / 一溝 / 絕望的 / 死水，
清風 / 吹不起 / 半點 / 漪淪。（韻腳）
不如 / 多扔些 / 破銅 / 爛鐵，
爽性 / 潑你的 / 剩菜 / 殘羹。（韻腳）
也許 / 銅的 / 要綠成 / 翡翠，
鐵罐上 / 繡出 / 幾瓣 / 桃花。（韻腳）
再讓 / 油膩 / 織一層 / 羅綺，
黴菌 / 給他 / 蒸出些 / 雲霞。（韻腳）
讓死水 / 酵成 / 一溝 / 綠酒，
漂滿了 / 珍珠 / 似的 / 白沫；（韻腳）

小珠們 / 笑聲 / 變成 / 大珠，
又被 / 偷酒的 / 花蚊 / 咬破。（韻腳）
那麼 / 一溝 / 絕望的 / 死水，
也就 / 誇得上 / 幾分 / 鮮明。（韻腳）
如果 / 青蛙 / 耐不住 / 寂寞，
又算 / 死水 / 叫出了 / 歌聲。（韻腳）
這是 / 一溝 / 絕望的 / 死水，
這裏 / 斷不是 / 美的 / 所在，（韻腳）
不如 / 讓給 / 醜惡來 / 開墾，
看他 / 造出個 / 什麼 / 世界。（韻腳）

韻腳為：淪，羹；花，霞；沫、破；明、聲；在、界。鮮明的節奏、規律的韻腳，詩人對音韻的精心安排構成詩歌美妙的旋律，呈現出令人歎服的音樂美。

當然，我們知道，詩人所採用的一些手段都是為了表達詩歌的內容，抒發詩歌的情感。《死水》這首詩的音韻美、節奏美和旋律美都是為了突出它的意境構思之美、思想內容之美而來的。我們欣賞詩歌的音樂美，也是為了更好地、全面地理解詩作的情感和內涵。

首先，"死水"意象本身就具有強烈的現代性。詩人用"一溝絕望的死水"這個意象，象徵舊中國黑暗腐敗的現實。詩歌借鑒了西方現代詩的反諷方法和"以醜為美"的藝術原則，展開豐富的想象，極力把死水內在的醜惡東西，充分地塗飾以美麗的外形，用極美的事物"翡翠""桃花""羅綺""雲霞"等加以襯托，以鮮明的色彩"綠酒""白沫"和響亮的聲音"歌聲"來反諷死水的骯髒、黴爛、黯淡、沉寂。美與醜相互的交織和反差，表現出詩人因希望產生絕望，又在絕望中飽含著希望的極其矛盾複雜的情感，造成令人耳目一新的藝術效果。

詩人豪邁熱烈的愛國熱情，對祖國命運關切憂慮的激憤悲痛之情是這首詩歌成功的先決條件。而詩人對藝術嚴謹的追求、大膽的創新、奇特的構思，以及多感官、比喻、誇張、象徵、反覆等修辭手法的靈活運用是詩歌成功的必要手段，而音樂之美令詩歌一詠三歎廣為流傳。

練習

1. 朗讀詩歌，體會其節奏旋律構成的音樂美感。
2. 聞一多的三美指的是什麼？分析一下《死水》這首詩如何集中體現了現代白話新詩的"三美"理論。
3. 詩歌中最鮮明的意象是"一溝絕望的死水"，在你看來它的象徵意義是什麼？
4. "這是一溝絕望的死水"中"絕望"一詞的含義和作用是什麼？
5. 詩歌分別從哪四個方面"吟唱"了"死水"？
6. 説説詩歌在結構上的特點，詩的最後一節採用了哪種感情表達方式？
7. 如何理解"不如多扔些破銅爛鐵，爽性潑你的剩菜殘羹"？
8. "醜惡"指什麼？如何理解"造出個什麼世界"？

4.3 根據引導題確定賞評要點

參考資源

本課參考資源可掃二維碼或登錄網站查看：
jpchinese.org/ibmypa3

探究驅動

閱讀下面的句子，找出各句子有什麼特點，使用了什麼修辭手法。用自己學過的語言知識加以詳細說明。

❶

今夜的月色，
至少釀了一缸甜蜜的酒香，
朦朧了多少情侶的目光

❷

那一片沙漠，是我
此刻的思想
等待風，等待狂風，掀起
悸動的熱浪

❸

雪悄悄落下，
一片片，一朵朵
希望，煽動長長的翅膀
遠翔……

❹

她的笑
叫醒了紫色的盼望
滿園的鵝黃柳綠滋滋綻放

講解

口頭評論的起步與要求

面對一首詩歌作品，初學評論者會發現有許多值得分析評論的地方，但又不知從哪一點開始展開分析評論，為此，老師會以附上引導題的方式引導評論者的思考，為詩歌文本的分析評論提供一個切入點。評論者可以從這個切入點入手，確定自己評論的中心和焦點。

關注引導題，全面理解引導題目，帶著這個問題展開深入細緻的閱讀，並圍繞這個引導問題確定自己分析的側重點，以表現自己對詩歌作品準確深入的理解，是一個賞析評論作品的捷徑。但在評論作品的時候，不要求必須直接回應引導問題，只要能抓住詩歌的內容及其形式的特點展開焦點集中、重心突出的分析，並能舉出詩歌中的具體事例，進行有理有據的論證，表達出自己的理解詮釋和觀點看法就可以了。當評論者熟悉了賞評的方法後，可以不考慮引導題，採用自定評論的焦點和方向，按照自己的理解，全面分析賞評詩歌作品。

為了確保評論順利進行，評論者需要多方面的準備和訓練，要做到：

- 仔細閱讀分析引導題目，全面領會題目的意思和具體要求。
- 從引導題入手，避免面面俱到，抓住重點，寫出自己對作品深思熟慮的分析評價。
- 確保自己以引導題目為評論的核心重點展開評論寫作。
- 熟悉文學文本的核心技巧（慣用手法）和形式要素。
- 掌握文學術語、理論概念、手法技巧。
- 靈活運用自己平時積累的知識和技巧，進行有針對性的閱讀評論訓練。
- 學會引用選文的字句來論證自己的觀點，來支持自己的評論。
- 養成使用標準的語言、恰當的語體，清楚明白、準確有效地表達自己的習慣。

口頭評論要求規範、清楚、明白。所以，口頭講述的詞語句子首先要完整，意思明白。另外，口頭評論的語言要符合講評內容的要求，語氣、語態、語調和語速都要能相互配合。有時候為了表達自己的觀點，可以選用不同的句式，讓表達形成自己的風格，更好地表達相應的內容。

口頭評論要求條理清楚、結構完整。可以寫出一個簡單的提綱或者備忘錄，設計一個整體的結構框架，例如，我如何開頭？我可以分開幾個部分展開評論？哪些作品中的例子可以作為我的論據？等等。

作家名片

李白（701–762）唐代著名詩人

李白，字太白，號青蓮居士，中國古代詩歌史上最偉大的浪漫主義詩人。李白被譽為“詩仙”，與“詩聖”杜甫合稱為“李杜”。代表作有《靜夜思》《望廬山瀑布》《蜀道難》《將進酒》等。

作品檔案

《長相思》被認為是李白被迫辭官離開長安後所作，採用了比興的手法，借用纏綿悱惻不能自已的男女相思之情來託喻自己的君國之思，寄寓自己渴望實現政治抱負的情感，在豪放飄逸的同時，突出了含蓄委婉的情調。

課文

長相思

李白

長相思，在長安。

絡緯[1]秋啼金井闌[2]，微霜淒淒簟[3]色寒。

孤燈不明思欲絕，捲帷望月空長歎。

美人如花隔雲端。

上有青冥[4]之高天，下有淥水之波瀾。

天長路遠魂飛苦，夢魂不到關山難。

長相思[5]，摧[6]心肝。

❶ 絡緯：昆蟲名，俗稱紡織娘。
❷ 闌：欄杆。
❸ 簟（diàn）：竹席。
❹ 冥：深遠。
❺ 長相思：相思綿綿不絕。
❻ 摧：毀壞，傷害。

引導題

李白這首詩中塑造了一個什麼樣的藝術形象？借用這個形象來表達作者什麼樣的內心情感？

課文分析

理解引導題

這個引導題由兩個問句組成，先要回答第一個問題：詩歌塑造了一個什麼樣的藝術形象？在分析評論時，一定要抓住這個形象的特點，同時也要回答作者用了什麼手法和技巧突出了這個形象的特點。其次要回答：借用這個形象來表達作者什麼樣的內心情感？也就是要分析作者塑造這個形象的目的何在。全面理解了引導題，帶著這個問題展開深入細緻的閱讀，展開自己的分析評論。

針對這道引導題可以做出這樣的回應：

作品一開始就描寫了一個癡情的相思者形象。這個相思者表面上看起來是一個閨中的思婦形象，實際上是一個政治理想的追求者。這個形象具有堅定、勇敢的性格，敢於正視現實的環境，上下求索，即使有種種困難也決不放棄。

第一句，“長相思，在長安”，點出詩中主人公的思念對象是長安。

以下四句：

絡緯秋啼金井闌，微霜淒淒簟色寒。

孤燈不明思欲絕，捲帷望月空長歎。

先描寫環境，由外到內：水井旁邊階下紡織娘悽切地鳴叫，秋蟲鳴天氣涼，霜氣寒，“微霜淒淒”通過逼人的寒氣感覺到寒意透到臥室內，肌膚所感席子冰涼，用“簟色寒”暗示出美人夜不能寐。

這兩句中，使用了秋蟲、秋霜、金井、簟等典型意象，描畫出了一個從庭院到臥室再到人物自身和內心的縱深畫面，有聲有色、情景交融，營造出了一種夜深人靜、孤單淒涼、寒冷難當的氣氛和意境，突出地表現出了那種相思情深、悽慘悲苦日夜都在折磨人的身心的強烈與難耐，讀來讓人感同身受。

下面轉入人物描寫：孤燈床前，照著一個孤悽幽獨的不眠者的形象，她深陷在相思懷念中無法自拔，“思欲絕”，思念到了極端痛苦無法忍耐的地步，也到了無計可施的地步。寒冷孤單久睡難眠，翻身坐起來，拉開帳子窗簾，望著空中一輪可望而不可即的明月不住地長歎。一個“孤”字不僅寫燈，更是寫孤單的人，是人物內心孤獨感的寫照。“不明”的燈光是寫景，更是寫人物內心的疑慮之情，因為遠離久別而不明近況，相思者對對方充滿了擔憂和猜想。“空”這個字也用得極好，人寄情明月，明月如何知道？這裏暗喻了相思者是單相思，得不到回應，這樣的相思是無望的，因此也是更加痛苦的。從這種種情景，我們彷彿看到了傳統詩歌作品中借望月寫思念情感的書寫傳統，傳統的意象，傳統的手法，刻畫了傳統的形象：一個懷念丈夫的思婦形象躍然紙上。至此，詩中反覆抒寫的似乎只是男女相思，詩人把這種相思苦情表現得淋漓盡致。

“美人如花隔雲端”，是詩中關鍵的一句，把全詩分成了兩個部分。“如花美人”似乎很近，近在眼前，看得很清楚；實際很遠，遠隔雲端。忽遠忽近，與月兒一樣，可望而不可即。這就有意點明這裏寫的不是一般思婦懷人的男女之情了。這是一個明顯的轉折，從真實的庭院臥室的實際生活寫照，到“雲端”這個虛幻想象的意象。作者採用了暗喻象徵的手法，顯示出相思者的真實身份。結合開頭兩句的暗示，就更加可以明白。“雲端”與“長安”之間有了清楚的聯繫。這個特定地點暗示詩歌表現的是一種政治託寓，表明此詩意在抒寫詩人追求政治理想不能實現又不能忘卻的苦悶。

至此可以明白，思念者是詩人自己，“美人”是詩人追求的政治理想，長相思，就是詩人不能忘懷的精神追求。孤燈長歎就是詩人自己的形象寫照。作者借用了一個思念丈夫的癡情的女性形象，抒發自己政治抱負不能實現的苦悶之情。整個詩意深含於形象之中，隱而不露，體現了一種含蓄蘊藉的風格。

練習

1. 請根據引導題，對詩歌進行口頭評論：“李白《長相思》運用了哪些藝術手法？作品有何風格特色？”
2. 閱讀下面的題目，說說看你會選擇哪一道引導題展開評論。

（1）詩歌在結構形式上有什麼特點？

（2）詩歌的藝術風格有什麼特色？這種特色是如何形成的？

（3）詩歌塑造了一個什麼樣的抒情主人公？這種抒情方法繼承了什麼樣的詩歌傳統？

（4）李白的這首詩表達的思想情懷有何典型意義？為什麼能夠引起讀者的共鳴？

（5）詩中採用了什麼樣的意象來表達出什麼樣的情感？產生了什麼樣的藝術效果？

（6）人們稱李白是“詩仙”，是浪漫詩人的代表，你認為他的浪漫主義特色主要體現在哪裏？

（7）作者採用了什麼樣的方法激發了讀者的想象力和情感的共鳴？

3. 小組合作，每組同學選出一篇學過的詩歌作品，請同學為這篇作品寫出一道引導題目。

   各組在班級交流，說說為什麼這是一道恰當的引導題，這個引導題是否明確了一個寫作的方向或評論的焦點。

   請其他小組進行評議。

4. 請根據你選擇的詩歌作品和引導題目寫出一個口頭評論提綱。

詩歌評論準備提綱

姓名＿＿＿＿＿＿＿＿

選擇的詩歌作品是	
引導題目	
評論焦點與核心	
主要的事例 使用了哪些修辭手法（誇張、比喻、排比、層遞或其他）	
結構安排（分作幾個段落？段落之間有什麼關聯？）	
你對詩歌的評價	
是否回應了引導題？ 是否賞析了作品特點？	
我和同學談了我的想法，同學的建議	
我和老師談了我的觀點，老師的建議	

5. 從所學過的詩歌作品中選一首，以“我最喜歡的一首詩歌”為題，根據引導題“詩人如何運用各種藝術手法來表達詩歌的寓意？你是如何領悟到的？”寫出口頭評論的提綱，並完成一個口頭評論。

6. 思考討論：如何運用創意的方法評論詩歌，表達自己的見解？

4.4 聚焦新穎點開拓賞評思路

探究驅動

參考資源

本課參考資源可掃二維碼或登錄網站查看：jpchinese.org/ibmypa3

課堂活動

1. 從下面的詩句中，選出你最喜歡的句子進行分析，說說看，詩詞中的明月意象蘊含了什麼象徵寓意？表達了什麼情感？
   - "舉頭望明月，低頭思故鄉"（李白）
   - "露從今夜白，月是故鄉明"（杜甫）
   - "春風又綠江南岸，明月何時照我還"（王安石）
   - "青山一道同雲雨，明月何曾是兩鄉"（王昌齡）
   - "不是霜啊 / 而鄉愁竟在我們的血肉之中旋成年輪 / 在千百次的 / 月落處"（洛夫）
   - "故鄉的歌是一支清遠的笛 / 總在有月亮的晚上響起"（席慕蓉）
2. 高聲朗讀你的詩句，和班級同學分享。

講解

學習詩歌欣賞，就是要學會對不同時期和不同風格詩歌，根據自己的理解和知識儲備做出獨立的判斷，表達個人的見解。

詩歌講究想象力、創造力，幾乎每一個詩人都希望在自己的詩歌中有所創新。詩人常常從人們熟悉的生活現象、自然現象中發掘出不平常的象徵寓意，提煉詩意，揭示出生活的哲理。分析這樣寓意深長的作品，從尋常事象入手，聚焦詩歌的新穎獨特之處，不僅可以幫助你全面理解作品，甚至能發現獨到的賞析角度，為你的賞析評論奠定基礎。

優秀的詩歌要表達深邃複雜、豐富微妙的情感，為此作者總是大膽創新，選用新的意象、新的表現手法、新的語言技巧進行創作。這樣的作品常以不合常規的語言技巧和表現手法，在給讀者帶來陌生化的新奇體驗的同時也增加了理解的難度。賞評時，就要從作品的新穎奇特之處入手，拓展自己的欣賞視野，關注詩歌作品的與眾不同之處，欣賞作者的創造力與表現力，理解詩歌的內容情感和深刻的意蘊內涵。

深入理解詩歌是賞評詩歌的基礎。在閱讀詩歌時要從意象入手，聚焦詩歌與眾不同的獨特之處，試從以下幾方面思考分析：

1. 作者選用了什麼意象？引起讀者怎樣的聯想與想象？
2. 你如何理解這意象的情感和寓意？
3. 詩歌的意象構成了一種什麼樣的意境？
4. 作品在某種程度上具有創新，有什麼價值和意義？
5. 詩歌的象徵寓意是什麼？對讀者有怎樣的啟迪？

作家名片

余光中（1928–2017）當代著名詩人

余光中，生於大陸，後定居台灣。一生從事詩歌、散文、評論、翻譯等研究創作工作，詩的成就最高。代表作有《鄉愁》《白玉苦瓜》《天狼星》《傳說》等。

作品檔案

《月光光》是一首閩南兒歌，也是一首廣為人知、分佈最廣的經典客家童謠。現存版本多達十多種。現在流行的許多《月光光》作品，如周華健演唱的和許美靜演唱的歌曲《月光光》等，也都是借鑒了歌謠《月光光》而創作的。

課文

月光光

余光中

月光光，月是冰過的砒霜
月如砒，月如霜
落在誰的傷口上？
恐月症和戀月狂
迸發的季節，月光光

幽靈的太陽，太陽的幽靈
死星臉上回光的反映
戀月狂和恐月症

祟著貓，祟著海
祟著蒼白的美婦人

太陰下，夜是死亡的邊境
偷渡夢，偷渡雲
現代遠，古代近
恐月症和戀月狂
太陽的膺幣，鑄兩面側像

海在遠方懷孕，今夜
黑貓在瓦上誦經
戀月狂和恐月症
蒼白的美婦人
大眼睛的臉，貼在窗上

我也忙了一整夜，把月光
掬在掌，注在瓶
分析化學的成份
分析回憶，分析悲傷
恐月症和戀月狂，月光光

（選自《余光中集（第1卷）》，百花文藝出版社，2004年）

課文分析

聚焦在詩歌作品的獨特新奇之處，分析詩人要表達的情感，解析詩歌的內涵意蘊。

1. 意象獨特

詩人使用了“太陽”“月亮”“黑貓”“美婦人”等意象，抽象而含蓄。

明月是一個古典意象，也是原型意象，歷來與懷人思鄉之情相聯繫。究其原因，一是月的團圓讓人聯想到人的團圓，月易勾起懷思的氛圍與情調。月光，是古今詩歌中一個常見的意象，凝聚了思念、團圓、純潔、情愛或者宇宙生命等的情感意緒，千百年來這個意象始終和一種美好的、溫暖、明亮的親情和充滿了希望的意緒連接在一起。這首詩中“月光”的意象所蘊含的傳統情感意蘊被顛覆了：用一系列的比喻，月亮變成了“冰過的砒霜”，和致命的毒藥、冰冷、無情、死亡、悲慘融為一體；月光有“幽靈”“死星臉上回光”陰森死亡的色彩；“傷口”，毒藥灑在上面，給人疼痛的感受；砒霜有劇毒，落在傷口上，劇痛可想而知，以此抒發了鄉愁至深、痛苦難忍的情感。

“貓”在西方文學作品中是不詳之兆，通常象徵著死亡。和月亮冰冷陰森相伴，黑貓也營造著恐怖死亡的感覺。“美婦人”的“大眼睛的臉，貼在窗上”，月光下顯得悽慘、冰涼。

2. 情感極具張力

詩歌中充滿著矛盾、異於常理的表達，如，“恐月症和戀月狂”——月光勾起詩人的鄉愁，而這鄉愁又無法排遣，故而埋怨月光，說月光毒如砒霜，令人患上了“恐月症”，但詩人又不能忘懷鄉愁，故又忍不住做一個“戀月狂”。

“月如霜”是傳統的比喻，而“月如砒（砒霜）”則是獨創，這兩個比喻對應的心理則是“戀月狂”和“恐月症”的矛盾組合，將鄉愁寫得極具張力。這些意象刻畫出一副悽慘的景象，詩人用了不同的藝術手法，對月光意象的傳統蘊含進行徹底顛覆，呈現出種種離奇、幽暗、冷僻的畫面，情景交融地抒發了獨特的情感體驗，表達出深刻、矛盾複雜的內心掙扎與困惑。

“現代遠，古代近”——時間與空間的矛盾對立。

3. 手法新奇

- 寫景、意象、比喻，描繪了一幅典型的現代畫的畫面。
- 中西結合，傳統與現代結合。
- 童謠般的重章迭唱。
- 想象奇特新穎，以砒霜喻月亮。
- 改變傳統意象，賦予月亮新意。

練習

1. 詩歌中有哪些難以理解的字詞？

2. 閱讀作品，詩歌所刻畫的情景給你一種什麼感覺？請說說哪些具體的內容讓你感到新鮮、奇特或困惑。

3. 結合下面的問題，用一段文字賞析評論詩歌。

- 你熟悉多感官、擬人、誇張的修辭手法和技巧嗎？作品中哪些地方使用了這些技巧？
- 使用這些技巧達到了什麼樣的效果？
- 用這樣的技巧如何影響到讀者的閱讀理解？
- 用這樣的技巧如何體現出作者的情感態度？

4. 根據選文的題目和內容，你能否判斷出這首詩歌的內容和下列哪些句子相符合？可以有多重選項。

   □ 一個典型事件

   □ 一段人生經歷

   □ 一個典型場面

   □ 一種常見的動物

   □ 一個深刻的道理

   □ 一種抽象的情感

   □ 一個奇特的想法

5. 詩歌中的意象具有什麼特點？作用是什麼？

6. 作者所選擇的意象中凝聚了什麼樣的情感？

7. 歸納下面的問題，整理你的答案，説説這首詩歌如何用意象構成情景交融的畫面，營造詩歌的意境，抒發情感。用一段文字概括。

- 詩歌如何組合各種意象，描繪了一幅什麼樣的圖畫？
- 你從畫面中看到了什麼？感受到了什麼？
- 作品營造出了一種什麼樣的氣氛？傳達出一種什麼樣的情感？

8. 思考下面的問題，用一段文字把自己的分析寫出來，可以和同伴進行交流。

- 閱讀這篇詩歌的哪些文字內容給你深刻的印象？
- 詩歌讓你在哪些方面產生了從未有過的感受？
- 哪些具體內容讓你有所聯想？聯想到了什麼？
- 詩歌引發了你對什麼問題的思考？
- 你怎樣看待作品中所寫的內容？

9. 閱讀下面的詩歌，請根據下面的引導題展開評論。

"詩歌如何運用了化虛為實的方法把抽象的感情表現出來？"

(1) 仔細閱讀下面的詩歌作品，寫出自己的判斷與觀點。

(2) 和兩三個同學組成一組，說出自己的觀點並展開討論。

(3) 重讀你寫出的要點，進行必要的修改，你是否發現詩歌有些地方很難以解釋？如果是的話，你能說說為什麼嗎？

思念

博爾赫斯

整個生活至今仍是你的鏡子
每天清晨都得從頭開始
這種境況難以為繼。
自從你離去以後
多少地方都變得空寂
就像是白天的陽光
完全沒有了意義。
你的容貌寓寄的黃昏
伴隨你等待我的樂聲
那個時候的千言萬語
我都將親手從記憶中滌除盪淨。
你的不在就像是
恆久地噴吐著無情火焰的驕陽
我該將自己的心藏於何處
才能免受炙烤灼傷？
你的不在縈繞著我
猶如繫在脖子上的繩索
好似落水者周邊的汪洋。

單元反思

A 單元核心概念理解

通過從不同角度全方位探索解讀詩歌作品，賞析詩人極具個性化的藝術表達風格來理解本單元核心概念——視角，我發現：

- 每一篇優秀的詩歌作品都是詩人用__________營造出的__________。詩人對世界觀察的__________，詩人對所描寫事物的__________，以及詩人所採用的__________是構成詩意世界的基石。可以說，詩歌具有詩情畫意的藝術境界，是通過詩人__________和個人獨特的__________營造出來的，從而形成了作品獨特的__________。它給讀者審美的享受，讓讀者感受到超越__________的人類共同情感。
- 通過本單元的學習，我對"視角"這個概念有了__________的理解。我覺得這個概念也可以幫助我理解有關__________的一些問題。

B 單元學習內容理解

1. 這個單元的主要內容是什麼？

2. 你學會了什麼？你認為學到的東西有什麼用處？

3. 在這個單元的學習中，你最大的收穫是什麼？

4. 在這個單元的學習中，你遇到了哪些問題？解決了嗎？是如何解決的？

5. 這個單元你最喜歡的作品是哪篇？為什麼？

單元二

舞台呈現，演繹人生

學習目標	課文
第一課　走近中國戲曲	
1.1 感悟戲曲的文化意蘊	《中國古代百姓的人生教科書》
1.2 熟悉戲曲的表演方式	《戲曲怎樣講故事》
1.3 把握戲曲的審美特點	《戲曲的寫實和寫意——中央電視台〈戲曲常識〉講稿（節選）》
1.4 瞭解戲曲的傳承創新	《動畫電影〈大鬧天宮〉》
第二課　認識元曲雜劇	
2.1 瞭解元曲與元雜劇	《南呂・一枝花・不伏老》
2.2 把握雜劇的文體特點	《竇娥冤・楔子》
2.3 熟悉雜劇的詩化特徵	《西廂記・第四本第三折・長亭送別》
2.4 欣賞雜劇的典範之作	《竇娥冤・第三折》
第三課　瞭解中國話劇	
3.1 知曉話劇植入的影響	《一部具有魔力的話劇作品——在一次讀書會上的演講》
3.2 賞析經典的話劇作品	《玩偶之家・第三幕（節選）》
3.3 理解中國話劇民族化	《蝶雙飛——話劇〈關漢卿〉插曲歌詞》
3.4 掌握劇本的文體特點	《茶館》
第四課　賞析戲劇經典	
4.1 領略《雷雨》的魅力	《雷雨・導讀（節選）》
4.2 欣賞戲劇的人物塑造	《雷雨》
4.3 體悟戲劇的語言魅力	《雷雨・第二幕》
4.4 熟知劇本改編的要點	《從小說〈祝福〉到劇本〈祝福〉》
單元反思	

第一課　走近中國戲曲

1.1　感悟戲曲的文化意蘊

1.2　熟悉戲曲的表演方式

1.3　把握戲曲的審美特點

1.4　瞭解戲曲的傳承創新

1.1 感悟戲曲的文化意蘊

參考資源

本課參考資源可掃二維碼或登錄網站查看：
jpchinese.org/ibmypa3

探究驅動

戲曲故事知多少：兩人一組，利用工具書及線上資源查看相關資料，瞭解以下幾個經典戲曲的劇情故事。說說看，在你看來，每部戲表現了什麼樣的文化價值觀念。

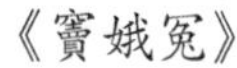

《竇娥冤》

《西廂記》

《單刀會》

講解

戲曲是中國傳統戲劇的專稱。中國的戲曲和古希臘戲劇、印度梵劇曾並稱世界三大古老戲劇。古希臘戲劇、印度梵劇都沒有流傳下來，只有中國戲曲至今仍活躍在舞台上。

戲曲是中國農耕文明時代的產物，體現了特定的歷史特徵、時代精神，真實地反映了遠古以來中國人的社會生活，記錄了漫長的歷史文化。戲曲的內容涵蓋了大到中國古代的皇朝興衰、家國大業，小到普通百姓的日常生活、喜怒哀樂的各個方面，展示出普通百姓的生活態度、生命情調、人生願望和追求，為歷代中國人喜聞樂見。

戲曲弘揚真善美，揭露假惡醜，為社會生活提供審美判斷的標準，成為了中國文化傳統倫理道德傳承的重要媒介。中國人的倫理道德觀念、人生哲學思想，中國人對於正義忠貞、自由平等的崇尚，都在經典劇目中保留下來，戲曲中自強不息、厚德載物、威武不屈等道德觀念都是中華傳統文化的民族精粹。

相關知識

中國戲曲源遠流長，經歷了數千年的孕育、形成、發展和興盛過程，由簡到繁、由單一到綜合不斷完善。早在氏族部落舉辦的敬神、娛神等宗教儀式活動中已包含了原始形態的戲劇化表演。進入階級社會後，歌舞藝術漸在民間流行。夏代有宮廷優戲，周代有宮廷舞蹈，漢代有百戲，隋唐有參軍戲，這些雖然不能算正式的戲曲，但都為戲曲提供了豐富的養料。北宋南戲的成熟標誌著戲曲的誕生，元代雜劇呈現了戲曲的成熟與繁榮。明清以後地方戲興起，京劇作為代表被譽為國粹。

課文

中國古代百姓的人生教科書

戲曲是中國古代文學藝術及歷史文化的高度濃縮[1]的產物，集中體現了中華民族獨特的文化傳統審美價值，對中國人的文化與精神世界產生著恆久的影響。

戲曲的題材廣泛，從各個方面反映了封建社會的現實矛盾，表達了人民大眾的意願。戲曲頌揚了不畏犧牲為民請願的忠臣英雄，歌頌了貧賤不移為國效力的民族義士，喚起人們"天下興亡，匹夫有責"的責任感；戲曲貼近平民百姓的日常生活，弘揚中國人的家庭社會道德觀念，提倡忠孝節義[2]、顧全大局、安貧樂道[3]、捨己為人、吃苦耐勞；讚揚尊老愛幼、尊師重教、鄰里相幫、重情重義；戲曲讚美純真自由的愛情，反對金錢門第的束縛，抨擊[4]"父母之命，媒妁之言[5]"門當戶對[6]的封建思想，鼓勵大膽追求愛情幸福。由於戲曲內容相對固定，有些曲目可以代代相傳，使其價值觀念道德標準得以沿襲[7]下去，成為跨越時空的中國人共同遵守的行為準則[8]。

中國戲曲悲喜相間，莊諧相糅[9]，將苦難的呈現變成一種審美的藝術享受。戲曲一方面用主人公歷經九死一生的磨難真實地再現中國普通百姓的人生苦難，一方面以美好的結局凸顯善有善報惡有惡報、正義終將戰勝邪惡的理念，給苦難的百姓生活以勇氣和希望。為此，戲

❶ 濃縮：泛指用一定的方法使物體中不需要的部分減少，從而使需要部分的相對含量增加。
❷ 忠孝節義：泛指封建統治者所提倡的道德準則。
❸ 安貧樂道：安於清貧的生活，樂於自己的信仰。
❹ 抨擊：用言語或評論來攻擊（某人或某種言論、行動）。
❺ 父母之命，媒妁之言：俗語，指兒女婚姻須由父母作主，並經媒人介紹。
❻ 門當戶對：指婚嫁的男女雙方家庭條件和各方面都般配。
❼ 沿襲：依照舊傳統或原有的規定辦理；因襲。
❽ 行為準則：行為或道德所遵循的標準或原則。
❾ 莊諧相糅（róu）：莊：莊重、莊嚴。諧：諧趣、詼諧。形容莊重和諧趣都可以存在。

曲多以大團圓為結局。這個大團圓以浪漫主義的藝術手法給予百姓幻想天地、精神世界的和諧滿足，突出體現了怨而不怒[10]、哀而不傷[11]的中庸[12]哲學及審美心理，堅定了百姓追求真善美的信念。

戲曲凝聚了古代中國人的審美理想[13]，體現了中國人對美的追求嚮往，也樹立起美的標準與典範。戲曲用詩情畫意的詩詞、嘹亮婉轉的音樂唱腔、精美華麗的服飾[14]臉譜[15]、行雲流水般的動作形體表演，在傳承中國傳統文化社會倫理道德的同時，也把中國人對美的崇尚與追求傳遞[16]給了百姓，在大眾的心裏播下了美的種子。

戲曲的傳播廣泛，演出不受地域限制，同樣的劇目可以用不同的方言演唱，形成眾多的劇種；戲台遍佈城市鄉村，觀眾不分階層地位、性別身份，老幼婦孺皆可觀看，情節內容家喻戶曉。

在漫長的古代社會，能夠識字受教育的人只是少數，對廣大的平民百姓來說，做人的理念規範、人生價值與道德信仰除了來自祖祖輩輩口耳相傳以外，絕大部分受益於通俗文學的傳播影響，觀看戲曲便是一個最主要的途徑。戲曲發揮著寓教於樂[17]潛移默化[18]的教化作用，可以說是中國普通百姓的人生教科書。

⑩ 怨而不怒：心有不滿，但能控制住它，不使之發展成為憤怒。

⑪ 哀而不傷：悲哀而不過分，形容感情或行為有節制，不過分。

⑫ 中庸：儒家的一種主張，待人接物採取不偏不倚、調和折中的態度。

⑬ 審美理想：人們對於美的最高要求和願望。

⑭ 服飾：衣著和裝飾。

⑮ 臉譜：戲曲中某些角色（多為淨角）臉上畫的各種圖案，用來表現人物的性格和特徵。

⑯ 傳遞：由一方交給另一方；輾轉遞送。

⑰ 寓教於樂：把教育跟娛樂融合為一體，使人在娛樂中受到教育。

⑱ 潛移默化：指人的思想或性格受其他方面的感染而不知不覺地起了變化。

課堂活動

1. 以小組為單位，查看下面這些詞語的意思，用自己的方式在班級講解。

   要求：

- 講解詞語的來源與意思，可舉例子說明。
- 解釋詞語在課文中的意思。
- 用詞語造出自己的句子。

詞語	來源與意思	在課文中的意思	造句
教科書			
口耳相傳			
怨而不怒			
哀而不傷			

詞語	來源與意思	在課文中的意思	造句
莊諧相糅			
寓教於樂			
潛移默化			

2. 觀賞與思考

（1）觀看《竇娥冤》故事介紹視頻。說說看，你從這個故事中看到了什麼。你可以從以下幾個方面分析，然後在班級分享。

人物	有哪些人物？各有什麼特點？他們之間有怎樣的關係？	
主要人物	主要人物是怎樣的人？她做了什麼事？她的性格特點是怎樣的？這樣的性格特點在今天的觀眾看來有哪些方面是值得讚頌的？	
情節	你聽到了一個什麼故事？戲曲的主要矛盾衝突是什麼？	
主題意義	故事反映了什麼樣的社會問題？	
結局	故事的結局是怎樣的？	

（2）小組研討辯論

- 竇娥為什麼要替自己的婆婆認罪？
- 在竇娥身上體現了中華民族怎樣的傳統美德？
- 歷代觀眾為什麼同情女主角竇娥的遭遇？
- 你喜歡竇娥這個形象嗎？為什麼？說說你對她的評價。

（3）如果你是一個元代的普通百姓，這部劇的內容對你會產生什麼樣的影響？和同伴交流，然後用一段話寫出你的看法。

3. 根據課文的內容，説説古代戲曲為什麼多以大團圓結局。你認為這樣的結局有哪些利與弊？

4. 課文中為什麼説“戲曲是百姓的人生教科書”？你認為這樣説有道理嗎？請寫一段話表達你的看法。

5. 為什麼古代戲曲曾經那樣普及？小組合作，可以採用收集資料及討論的方式回應，並在班級分享。

6. 選擇下面的一道命題，寫一段文字表達自己的觀點。

（1）在你看來，今天學習古代戲曲的意義何在？

（2）為什麼戲曲不像以前一樣那麼受到人們的青睞？

1.2 熟悉戲曲的表演方式

探究驅動

觀看越劇視頻選段《黛玉進府》，討論下面的問題。

1. 你認為當一名戲曲演員需要哪些基本技能？請與電影演員相比較，說說你的看法。

2. 有人說，戲曲很美，你有同感嗎？你覺得戲曲美在什麼地方？舉例說說你的看法。

參考資源

本課參考資源可掃二維碼或登錄網站查看：jpchinese.org/ibmypa3

講解

美是戲曲的生命。戲曲是一種綜合性的藝術形式，中國古代戲曲與世界各國的戲劇相比其綜合化程度更高。戲曲將眾多文學藝術元素聚合起來，融文學（散白和韻文）、音樂（聲樂和器樂）、美術、繪畫、武術、雜技、舞蹈等多種藝術形式為一體，唱詞如詩詞，情節如小說，服飾臉譜如繪畫，表演如舞蹈武術，呈現出多姿多彩的美：舞台上的佈景道具、人物的裝飾臉譜、動作的設計造型展示出濃墨重彩的圖畫美，演員的曲調唱腔、音樂的配器伴奏呈現出旋律節奏之美。中國戲曲生、旦、淨、末、丑角色分工清晰，唱、唸、做、打表演變化多樣，唱詞道白一句一段一首詩，表演動作一招一式一幅畫，無一不美，美不勝收！

課文

戲曲怎樣講故事

學生：曲老師好！這個學期學校開設了用戲曲的表演手法演繹[1]身邊故事的課外興趣班，我覺得挺有意思的。我對講故事特別感興趣，也想嘗試用不同的方法講故事，所以很想報名參加。但我對戲曲瞭解得很少，可以請教您幾個問題嗎？

曲老師：對戲曲感興趣很好呀，說說看，你想知道哪些問題？

學生：我想知道戲曲是怎麼講故事的，所謂的戲曲的表演手法指的是什麼，戲曲和其他戲劇相比，最突出的特點是什麼。

曲老師：你提出的這幾個問題非常好，瞭解了這些問題就理解了中國戲曲藝術的表演特點。

學生：您的意思是說，戲曲講故事的方法就是中國戲曲的藝術特點？

曲老師：對，中國戲曲最突出的藝術特點就是它講故事的方式。清末學者王國維用一句話來概括中國戲曲："謂以歌舞演故事也。"這句話很精闢[2]，一語中的[3]。意思是說，中國戲曲是以載歌載舞的形式來表演故事的。中國戲曲講究運用最美的藝術手段，經營最美的講述過程，目的是要把故事講得精彩紛呈[4]，讓觀眾在欣賞最美的故事

❶ 演繹：鋪陳、發揮。

❷ 精闢：見解、理論深刻透徹。

❸ 一語中的：一句話就說中要害，點破實質。

❹ 精彩紛呈：美好的場面和事物紛紛在眼前呈現出來。

的同時得到最美的享受。

學生：在我看來，中國的戲曲和西方的話劇都是戲劇，為什麼講故事的方法不一樣呢？

曲老師：你問得好！我們熟悉的話劇，也就是西方戲劇，都是敘事的。戲劇講故事主要依靠人物的對白和獨白，依靠故事的情節和講述者的表達來打動觀眾；但中國戲曲不一樣，戲曲不僅是敘事的更是抒情的，敘事的抒情化是中國戲曲有別於西方戲劇鮮明的民族特徵，是其區別於其他戲劇的標識[5]。

學生：我覺得敘事和抒情是兩回事，這兩者在戲曲中怎麼能結合在一起呢？

曲老師：這麼說吧，戲曲是在敘事框架內抒情傳意，敘事與抒情並重。在戲曲中，人物的對白和獨白起到了講述故事的作用，歌唱和舞蹈起到了抒發情感的作用，甚至抒情比敘事更重。唱詞部分比說白部分更加重要，曲，包括唱詞和演唱，是戲曲之靈魂。

學生：曲老師，也就是說，戲曲沒有唱詞和演唱就不能講故事？

曲老師：對，沒有了唱詞與演唱就不能稱其為戲曲，"無曲不成戲"就是這個意思。

學生：難怪，我爺爺總把看戲說成聽戲。

曲老師：正是戲與曲的統一，詩歌與音樂的結合，實現了以歌舞演故事、敘事抒情化的審美理想。

學生：我看過歌劇和舞劇，戲曲的歌唱和表演與一般的歌舞劇一樣嗎？

曲老師：不一樣。戲曲的角色要分生、旦、淨、末、丑[6]，表演要講究唱、唸、做、打[7]，這和一般的歌舞表演不一樣。

學生：生、旦、淨、末、丑？是什麼意思？

曲老師：戲曲把演出的角色進行了分類，生、旦、淨、末、丑就是戲曲幾類角色的名稱。男演員為生或末，女演員為旦，淨是劇中花臉的扮演者，丑是劇中的次要配角。

❺ 標識：用來識別的記號。

❻ 生、旦、淨、末、丑：中國京劇戲曲裏的人物角色行當分類。

❼ 唱、唸、做、打：戲曲表演的四種藝術手段，也是戲曲演員的四種基本功夫。唱指唱功，唸指唸白，做（表演）指做功，打指武打。習稱"四功"。

學生：哇，這樣呀。那什麼是唱、唸、做、打？

曲老師：唱、唸、做、打指的是戲曲表演的四項基本功，也是戲曲表演的四種藝術手段。“唱”指歌唱，“唸”指具有音樂性的說話與對白；“做”指舞蹈化的形體動作，“打”指武術和功夫的技藝。每一個優秀的戲曲演員都要具備全面的、過硬的基本功。每一齣戲曲都是集唱、唸、做、打於一體，綜合了有說有唱、有文有武的載歌載舞。

學生：這麼說，戲曲的表演形式在世界戲劇史上真是獨樹一幟[8]。

曲老師：沒錯。戲曲中有很多自己獨有的元素，這些決定了戲曲表演的獨特性。

學生：我知道，戲曲表演者要穿規定的服飾，表演動作也要按照嚴格的規範，還有臉譜。

曲老師：你也知道臉譜？

學生：我知道，我還知道臉譜上的不同顏色和線條有不同的意思，代表了不同的人物。

曲老師：戲曲獨特的東西可多了，戲曲的服裝叫行頭[9]，演員角色的分工叫行當[10]……

學生：太有意思了！原來戲曲表演有這麼多奧妙呢！

曲老師：是啊。中國戲曲是中國文學藝術的結晶，戲曲的表演形式集中體現了中國藝術的特徵，其最突出的審美特徵被概括為綜合性、虛擬性和程式化。這些特徵，凝聚著中國傳統文化的美學思想精髓[11]，構成了獨特的戲劇觀[12]，為觀眾構建了一個情景交融的美的世界。

學生：綜合性我能明白，但是什麼是虛擬性、程式化呢？

曲老師：虛擬性、程式化才是中國戲曲有別於西方戲曲的主要特徵。有了它們，戲曲才能講出具有民族特色的故事。不過今天我們沒有時間細談了。

學生：好吧，那我再找時間請教您。

曲老師：好的，一言為定。

學生：曲老師，聽了您的介紹，我覺得戲曲真是太神奇了。我決

⑧ 獨樹一幟：獨自打起一面旗號。比喻與眾不同，自成一格。

⑨ 行頭：戲曲演員演出時用的服裝，包括盔頭、靠、衣服、靴子等。

⑩ 行當：戲曲演員專業分工的類別，主要根據角色類型來劃分，如京劇的生、旦、淨、丑。

⑪ 精髓：比喻事物最重要、最好的部分。

⑫ 戲劇觀：指舞台演出手法，及對整個戲劇藝術的看法。

定加入這個興趣班。

曲老師：好呀，老師拭目以待[13]，希望你用戲曲的方法講出自己的故事來。

學生：謝謝老師！

[13] 拭目以待：擦亮眼眼看著。形容對事情發展密切關注。

相關知識

為了達到敘事與抒情的效果，戲曲創造了一種特殊的表現方法，它以高度概括誇張的藝術手段，以載歌載舞的表演方式，形象生動地展現故事情節，刻畫人物性格，充分地表達複雜的劇情和複雜的人物關係，反映深刻廣闊複雜的社會生活。

戲曲的表演形式有自身的規律與規範，包括了演員角色有固定的分類：生、旦、淨、末、丑；演員的表演有全面嚴格的要求，不但要說唱好，也要武打好，舞（表演及身段）是很重要的，道白也是重要的（俗稱“唱重四兩，白重千斤”）。此外，演員的服飾、化妝等都要起到有效的輔助作用，以保證在有限的舞台空間，運用虛擬程式的藝術手法，達到表演者“裝龍像龍、裝虎像虎”的藝術效果。

戲曲這門綜合藝術集中地體現了中國的人文精神和審美理想，深層地揭示出人們的心理活動、生活方式和情操理想，其表演形式集中體現了中國藝術的審美特徵。

戲曲表演的基本功

戲曲是綜合性的舞台表演藝術，要求演員掌握唱、唸、做、打四個方面的表演技能。

1. 唱——包括演員的獨唱和對唱。大段的獨唱敘述人物的背景和對命運的感歎，表現人物複雜、矛盾的思想感情，深入刻畫人物的內心世界和性格。對唱往往起到推動情節進展、將矛盾衝突引向高潮的作用。

2. 唸——是演員在舞台上的唸白。唸白又分為兩種：一種是在語言節奏、韻律和腔調上經過加工的“韻白”，它與日常語言有相當的距離，並已相當程度地音樂化。另一種唸白是以各劇種所使用的方言為基礎的“散白”，與日常語言比較接近。戲曲界流行的“千斤話白四兩唱”的說法，說明了唸白在戲曲表演中的重要作用。

3. 做——一般指舞蹈化的形體動作。演員在塑造角色時，手、眼、身、步各有程式，同時在運用中又要表現出特定角色的性格、年齡、身份等特徵。

4. 打——是戲曲對傳統武術的舞蹈化。一般分作“把子功”和“毯子功”兩類。凡用古代刀槍劍戟等兵器對打或獨舞的稱作“把子功”，在毯子上翻滾跌撲的動作稱作“毯子功”。

戲曲表演中，唱、唸、做、打有機結合，融為一體，共同為表現劇情、塑造角色服務。

課堂活動

1. 查找資料，解釋下面的專業術語。為每一個術語配上適當的圖片，並在班級分享。

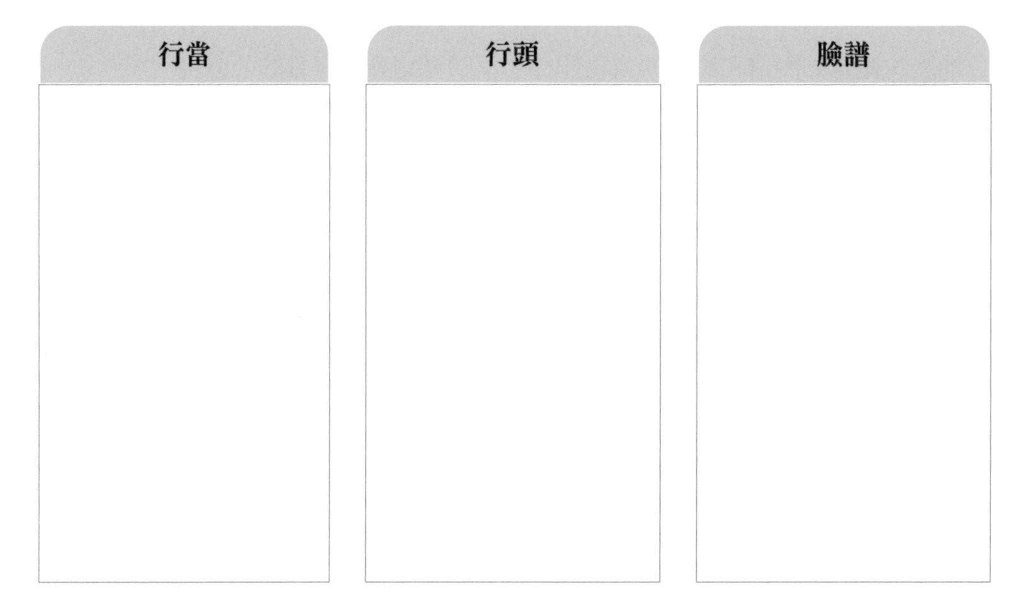

2. 小組討論

(1) 你認為唱、唸、做、打在戲曲表演中能起到什麼作用？

(2) 你認為臉譜在戲曲表演中有什麼作用？

(3) 為什麼有人把欣賞戲曲的活動叫做“聽戲”而非“看戲”？

3. 根據課文內容歸納一下中國戲曲講故事的方法和西方戲劇有哪些不同。

4. 觀看京劇《霸王別姬》視頻，將劇中人物與角色分類寫出來，說說各種角色的特點。

5. 從以上的視頻中，你能否感受到演員唱、唸、做、打在敘事與抒情中的作用？和同學們談一談，並把你的感受用一段文字寫下來。

1.3 把握戲曲的審美特點

參考資源

本課參考資源可掃二維碼或登錄網站查看：
jpchinese.org/ibmypa3

探究驅動

觀看秦腔戲《掛畫》，記下你看到的內容。與同學們分享你的觀看感想。

觀看時你可以思考：

- 這個折子戲講了什麼故事情節？
- 演員在幹什麼？
- 你對哪些動作特別感興趣？
- 人物抒發了什麼樣的情感？

講解

戲曲作為中國文學藝術樣式，與西方戲劇，尤其是西方傳統戲劇不同。中國戲曲比一般的戲劇及歌舞表演具有更強的綜合性，它綜合了中國古代各種文學藝術的形式，突出體現了中國藝術特有的寫意性、虛擬性、程式化，構建了中華民族傳統戲曲無處不美的審美特徵，是一種獨特的舞台藝術。

1. 寫意性

“寫意”指一種藝術方法，與“寫實”相對，即不求形似只求神似。具體來說就是在創作中不追求事物外在形象的逼真性，不強調摹形實繪，而突出強調以傳神寫照的方式表現生活本質的真實及內在情感精神特點的表現手法。“寫意性”便是強調藝術表現、注重抒發主觀情感，而不是注重對客觀事物的真實再現的藝術性。戲曲就是具有這種性質的舞台藝術。

要瞭解“寫意性”這個概念，需要明白幾個關鍵詞：虛與實、意與象、實景與意境、寫實與寫意。舞台是有限的，舞台表演也是有限的，而戲曲要表現的內容是豐富的、無限的，戲曲所要抒發的情感也是無限的。戲曲表演要在有限之中表現出無限，就需要把無限豐富的生活內容凝練成極為有限的舞台形象，通過有限的“象”表現出無限的“意”，將生活的實境昇華為藝術的意境。中國戲曲的本質是傳神、寫意，所以說，戲曲藝術的目的就是要“寫”出“意”來，用有限的“實”表現出無限的“虛”來，讓觀眾通過有限的表演，感悟豐富的人生，感受深厚的情感，達到“見一葉而知秋”的目的。

西方戲劇重實輕虛，側重真實自然的舞台表現方法，具有寫實性；而中國古典戲曲重虛輕實，講究虛擬寫意的程式表現，具有寫意性。戲曲以有限之“實”表現無限之“虛”，在表演中體現出虛實結合、虛實相生的特點，這個特點是和中國其他的藝術如繪畫、詩歌等相通的。它們都是以“小實”表現“大虛”，因而“虛”使“實”更加具體生動，優美動人。

2. 虛擬性

虛就是假、空的意思；擬就是模擬、模仿。虛擬，就是假設，就是以虛代實，以假代真。虛擬性是中國藝術的根本特性，以虛為本，追求神似，虛實相生，以形寫神是中國傳統文學藝術的重要美學原則之一。

虛擬中“虛”，指的是在舞台上要虛掉戲中與角色發生關係的環境和實物物件；“擬”指的是劇作家通過劇中人物的語言，通過戲劇的結構安排，演員的舞台表演，用一種變形的方式來比擬現實環境或對象，藉助觀眾的聯想把虛掉的真實情景如空間環境、生活中的物品等表現出來。

虛擬性是戲曲反映生活的基本手法。舞台上一切真實情景都通過演員的歌唱、對白、舞蹈等表演形式模擬表現出來，使表演更具藝術的美感。比如，中國戲曲舞台上經常只有一桌兩椅，但是可以被演員用來虛擬做各種不同場景的道具，可以是讀書人的書房，可以是官府衙門的大堂，也可以是農家住宅等等。小小的舞台，可以被虛擬成無限的時空，讀書寫字、飲酒睡覺、千軍萬馬、翻山越嶺都可以在此虛擬再現，多麼神奇，又多麼美妙！

3. 程式化

“程式”就是規矩、格局、模式，是戲曲反映生活的表現形式，程式構成一種美的典範。程式源於生活，程式化是指按照一定的規範對生活進行提煉、概括、美化。它將生活動作規範化、舞蹈化，約定俗成，形成比生活更具有誇張性的舞台程式，在表演中被重複使用。

比如，戲曲表演中開門關門的動作、上馬下馬的動作等就是這樣被程式化的。有一齣戲叫做《打漁殺家》，戲中蕭恩唱“清早起開柴扉”，要開門，可台上並沒有門，演員就用程式化的表演動作表現出門來。古代人家的門一般都是兩扇對稱的，還有門閂，開門以前得先拔門閂，然後把門拉開，或用手把門推開。舞台上明明沒有門，要讓觀眾看到門，演員就要做出規定的動作以無做有，表示有門。演員要表演開門關門，就必須用這個動作才行，觀眾才看得明白。除了開門，還有上轎、騎馬、縫衣服等等，都有固定的動作程式。程式起到了美化生活的作用，讓戲劇的表演源於生活更美於生活。可以說戲曲表演由一系列程式構成，一舉一動都有程式，離開程式就演不成戲；不懂程式就看不懂戲。程式為戲曲增添了鮮明的節奏性和歌舞性。

程式化把每個人物都定位成一個大概的譜式、法式，像演唱的曲譜一樣，像公式的法則一樣，藉助不同的臉譜、不同的服裝、不同的盔頭、不同的玉帶、不同的道具等來體現人物的身份、地位、經歷、年齡、性格、行為、特點等等。

相關知識

戲曲演員的表演程式

行當程式：戲曲中演員的角色分類以及角色的扮演和表現有固定的程式，與西方戲劇演員直接扮演某一角色不同。

動作程式：戲曲表演的動作有固定的程式。這些虛擬動作具有音樂化、舞蹈化以及符號化的特點，是從生活中提煉出來的，與西方戲劇表演要逼真摹擬生活真實不同。

造型程式：戲曲採用了化妝與臉譜，運用誇張與變形，對人物進行程式化造型，與西方戲劇講求形象逼真不同。

作家名片

吳小如（1922–2014）當代著名京劇評論家

吳小如，北京大學教授，當代京劇評論家、戲劇史家，代表作有《吳小如戲曲文錄》《吳小如戲曲隨筆集》等。

課文

戲曲的寫實和寫意

——中央電視台《戲曲常識》講稿（節選）

吳小如

從寫實[1]和寫意[2]這個角度來談，中國傳統戲曲是以現實生活為基礎，寫意為手段，通過寫意的藝術表演手法，讓觀眾體會到戲曲本身還是淵源[3]於現實生活，並非憑空捏造[4]的，比如在京戲的舞台上，

❶ 寫實：真實地描繪事物。
❷ 寫意：國畫的一種畫法，用筆不求工細，注重神態的表現和抒發作者的情趣。
❸ 淵源：比喻事物的本源。
❹ 憑空捏造：沒有依據地假造事實。

大幕一拉開，經常台上只擺著一張桌子兩把椅子，沒有佈景，沒有陳設，空空蕩蕩，什麼也沒有。你會說這太簡單了，太貧乏[5]了。不錯，這確實很簡單，但一點不貧乏。就是戲台上的這張桌子，可以在上面擺酒席，也可以用它來傳將令、審官司。它可以讓人站上去，那就是山，也可以是樓，也可以是高坡土崗。台上的人如果從桌上走過，可以是上山又下山，上坡又下坡；也可以是過橋。把椅子正規地擺在那兒，它既是椅子，也可以成為寒窯或者監牢的門，還可以是井。要把它橫過來擺著，照樣可以坐人，可以是樹根，也可以是一塊石頭。有一種國畫叫寫意畫，三筆兩筆，就畫成遠山近水。你說它簡單，確實比寫實的油畫和素描簡單；可是這種寫意畫並不貧乏，它給讀者留有充分想象的餘地，並不見得不如油畫或素描豐富。中國戲曲舞台上的一桌兩椅，一些虛擬[6]的表演程式[7]，一些藝術處理的手法，都屬於寫意派。比如《拾玉鐲》[8]、《花田錯》[9]這一類小戲，台上空空盪盪什麼都沒有，扮演孫玉嬌或春蘭的小姑娘，兩隻手一比劃，穿針引線，做起活計，就跟真在做針線活兒一樣。孫玉嬌除了做活兒，她還打開雞籠去放雞、餵雞，還用手指頭數雞有多少隻。你看了以後完全相信她這些表演是從現實生活中提煉[10]出來的，但所用的這些手段卻是寫意的虛擬的。

《打漁殺家》[11]這齣戲，大家很熟悉了。蕭恩和桂英這父女倆一出場，每人手裏只各自拿了一件船具，可是觀眾立即知道他們是在船上。一會兒在船上撒網捕魚，一會兒把船拴在樹陰底下。拴船的時候一個人拽著纜繩，一個人站在船上，只覺得船身自己向前移動。等蕭恩跟朋友喝完酒，再上船，然後父女倆搖著船回家了。為了表示船頭船尾上下晃動，父女倆一個人站在這頭，一人站在那頭，一個人蹲下

[5] 貧乏：缺少；不豐富。

[6] 虛擬：虛構；不符合或不一定符合事實的；假設的。

[7] 程式：一定的格式。

[8] 拾玉鐲：戲曲傳統劇目。傅朋與孫玉嬌互生愛慕，傅朋故意留下玉鐲，孫玉嬌拾起玉鐲，接受傅朋的情意。劉媒婆看出二人心願，遂成就一段姻緣。

[9] 花田錯：經典京劇劇本之一。講述發生在花田祭上的一系列陰差陽錯的故事。

[10] 提煉：用化學方法或物理方法從化合物或混合物中提取（所要的東西）。

[11] 打漁殺家：又名《慶頂珠》《討漁税》。戲曲傳統劇目。

去，另一個站起來，蹲下去表示船這一頭朝下沉，站起來的就表示船的另一頭往上翹。這一切，觀眾不但看到了，而且同時也感受到了，就像自己也在船上一樣。通過演員的動作和全身的節奏，使觀眾真覺得那隻船確實是在水面上浮動著，忘記了是在戲曲舞台上。有的演員沒有生活，不懂得為什麼在船上要一蹲一站，結果上了岸還要蹲一蹲，那就不合情理了。因為那一蹲並非人的動作，而是表示船身往下沉。人既離了船，就沒有必要再做這個身段[12]了。

《打漁殺家》裏還有開門關門的動作，這在傳統戲裏更平常了。台上並沒有門，用手一抓就抓出了門。舊式的門一般都是兩扇對稱的，還有門閂[13]，北京話叫門插關，開門以前得先拔門閂，然後把門拉開，或用手把門推開，這些都可以通過演員的表演動作體現出來。比如蕭恩在唱"清早起開柴扉"時，就有開門的動作；後面"殺家"一場，桂英也有開門關門的動作。這些動作都是從生活中提煉出來的，很逼真，可是在藝術上卻是寫意的，並不完全是真實生活的照搬。還有騎馬。戲台上要是出現了真馬，就熱鬧了。有的武戲八員大將一齊上場，人人都騎馬。一匹真馬在台上都折騰不開，更別說八匹真馬了。戲台上表演騎馬只是用一根馬鞭子，這種鞭子跟真正的馬鞭也差得很遠，可是觀眾卻能被它吸引住，把它看成一匹真馬的代表。一個演員在趟馬[14]，觀眾就會感到這匹馬在征途上馳騁[15]奔跑。既然騎馬，就得上馬下馬，這也有一定的表演程式。而上馬下馬，也因人而異。武生上馬，腿抬得高，騙馬[16]的幅度也比較大。不這樣就不威武。老生上馬就不這樣了，比如《捉放曹》[17]裏的陳宮，穿著藍褶子，還得把衣襟掖起一個角，表示他在長途行路。而他上馬，只邁一小步，根本不抬腿不騙腿。至於旦角上馬，只把身子稍一挪動，馬鞭一順，往前一小步，就算上了馬。有人說笑話，說武生騎的馬頂多有狗那麼高。而青衣騎的馬，最多就像蛐蛐那麼大。這就是寫意，不能較真。比如《四進士》[18]裏楊素貞騎驢，真要是撩起底襟，騙腿跨上去，那就難看透頂，根本不成戲了。

[12] 身段：戲曲演員在舞台上表演的各種舞蹈化的動作。

[13] 門閂：門關上後，插在門內使門推不開的木棍或鐵棍。也作門栓。

[14] 趟馬：戲曲以舞蹈形式來表現人騎馬行路的程式化表演技巧。

[15] 馳騁：(騎馬)奔馳。

[16] 騙馬：躍上馬背；騎馬。

[17] 捉放曹：著名京劇劇目，取材於《三國演義》。

[18] 四進士：京劇傳統劇目。

上馬如此，邁門檻[19]也如此。武生邁門檻跨出一大步，而旦角出門就把腳往後一抬，就邁出來了。而且戲台上邁門檻只邁一步，沒有邁兩下的，要邁兩下就難看了。還有上樓下樓。旦角步子小，樓梯的磴[20]數就多；武生、老生步子大，樓梯磴數就少。有的武戲，一個飛腳就上了樓或下了樓，比電影裏慢鏡頭還省事。你說它不真實，可是它完全能讓觀眾理解、接受。要是擺上佈景[21]，裝上道具，什麼都跟電影、話劇一樣全用寫實的手法來表演，那就不是傳統的戲曲而是另外一回事了。

（選自《吳小如戲曲隨筆集》，天津古籍出版社，2005 年）

[19] 門檻（kǎn）：門框下部挨著地面的橫木。
[20] 磴（dèng）：石頭台階。
[21] 佈景：舞台或攝影場上所佈置的景物。

課文分析

吳小如諳熟戲曲表演藝術的精妙，在他的口頭演講和文章中多方面精準闡釋了戲曲的藝術特性，他的戲曲批評豐富了中國戲曲表演理論體系，為傳播戲曲文化做出了貢獻。本文文字淺顯明白，通俗易懂，引用了豐富生動的表演事例，向讀者講解了中國戲曲表演程式的寫意性特點。

課堂活動

1. 小組合作：課文中列舉了哪些戲曲劇目？查看資料，瞭解這些戲曲的劇情，並在班級分享。

2. 什麼是“寫實”與“寫意”？什麼是“形似”與“神似”？從課文中舉例說說兩者的區別。

3. 什麼是虛擬的表演程式？課文中提到了哪些例子？請查看資料或根據看過的戲曲舉出唱、唸、做、打的例子加以説明，並以 PPT 的方式在班級分享。

4. 請分析本文的語境。説説看，課文中作者運用了哪些手法來説明自己的觀點。

5. 閱讀下面的一段話，請以戲曲作品為例，寫一段文字，説明你的觀點。

"西方戲劇重實輕虛，側重真實自然的舞台表現方法，具有寫實性；而中國古典戲曲重虛輕實，講究虛擬寫意的程式表現，具有寫意性。"

1.4 瞭解戲曲的傳承創新

探究驅動

觀看動畫電影《大鬧天宮》，回答下面的問題。

1. 和迪士尼的動畫片相比，這個動畫片有什麼特點？
2. 動畫片中有哪些戲曲的元素？起到了什麼作用？

參考資源

本課參考資源可掃二維碼或登錄網站查看：jpchinese.org/ibmypa3

講解

戲曲是中國的國粹，貫穿了整個中國歷史。古老的戲曲在中國的傳播與影響深遠。戲曲中蘊含的文化精神、審美情趣、人格魅力、表演藝術等，已經構成了中華民族的一種文化特色的價值體系，影響了中國人生活的方方面面。戲曲的綜合性、抒情性、虛擬寫意性以及程式化，對各種文學藝術產生了重要的影響。如果你留意就可以看到身邊戲曲的影子。

課文

動畫電影《大鬧天宮》

課文分析

中國的動畫電影取得了很高的藝術成就，眾多優秀的動畫影片都借鑒了中國戲曲的元素，創作者或靈活運用了戲曲劇作的內容，或巧妙借鑒了戲曲人物的造型、程式化的唱、唸、做、打，以戲曲獨特的形式美、浪漫誇張的人物性格刻畫方法，使動畫片獨具一格，引人入勝。

動畫片《大鬧天宮》以中國傳統的美學觀為基礎，借鑒了戲曲表演的程式化，應用了戲曲的唱、唸、做、打的元素，打造了極高的視聽效果。

戲曲程式化動作表現有亮相、抹臉、臥魚、開門、跑馬等。《大鬧天宮》中美猴王出場時的"亮相"動作，孫悟空觀望時的"刁手"動態、思考問題時眼珠來回轉動的"眼"的表演動作，都是模仿京劇中美猴王的表演動作設計的，是典型的戲曲程式。特別是《大鬧天宮》中孫悟空與天兵天將的武打動作，是借鑒了京劇"四功"中"打"形體動作的表演程式，不強調打鬥動作的真實性，只強調打鬥中動作的形式感，身段優美，動作流暢，並伴隨著動作節奏的轉折停頓亮相，美感十足，觀賞性極強。戲曲動畫電影借鑒戲曲中的唱、唸、做、打等程式化的元素，目的是塑造角色形象，突出戲劇衝突，營造畫面意境與推動情節發展。

《大鬧天宮》動畫電影中，人物角色的語言、動作也借鑒了京劇中的唱腔、唸白與程式化動作。孫大聖拿著兩個大錘，"呀呀呀"的從天上飛下去的畫面，"呀呀呀"這一聲效，亦是採用了京劇的唱腔。《大鬧天宮》還借鑒了戲曲的臉譜、服飾以及誇張的造型和色彩，讓人物的忠奸善惡一目了然。孫悟空的著裝往往也與臉譜相呼應，有著鮮明的民族性，在視覺上給人一種強烈的衝擊感。

動畫片中戲曲元素的應用，為影片增添了有聲有色的情景，使影片的人物造型與劇情發展更具有觀賞性。

課堂活動

1. 觀看《大鬧天宮》，班級同學分為三組輪流進行下面的活動。

   一組同學模仿美猴王的動作進行表演；另一組同學及時說出戲曲程式化動作的名稱，如亮相、抹臉、臥魚、開門、跑馬、轉眼、刁手等；第三組同學對前兩組表演和解說得是否準確進行評價。

2. 《大鬧天宮》中唱、唸、做、打的程式美是如何增加影片的藝術效果的？請舉例說說。

3. 小組合作，完成下面的任務。

   為了向低年級的同學推薦《大鬧天宮》並鼓勵他們觀看，請合作製作一張圖文並茂的宣傳海報，重點介紹它的戲曲元素及其效果。

4. 複習已經學過的動畫片《三個和尚》，分析電影中運用了哪些中國戲曲的元素，在哪些方面體現了中國傳統美學觀的影響。

小提示

在戲曲表演中，"步法"的地位相當重要，同樣的步法在各個行當中有著自己特殊的表現技法，不同的角色在同一個行當中也有著不同的步態。依據戲曲劇情的需要，對步法進行不同的呈現，展現出戲曲中角色扮演的身份、神態和風度。

以行走的動作設計為例，性格開朗型動作多體現為活潑好動，一蹦一跳或邊走邊玩，動作設計時幅度可較大；性格溫順型動作體現為細膩柔和、節奏平穩，動作設計時幅度可較小；性格粗暴型易顯衝動、魯莽，動作設計時可誇張；抑鬱悲傷型動作節奏緩慢、身體彎曲，腳步吃力，動作設計時幅度可偏小。動畫《三個和尚》中，三個人物出場時不同的動作便展現了他們每個人的特點：小和尚邊走邊玩的出場方式體現了其天真活潑的個性；高和尚行走時雙手合併又具有彈性的步伐體現了其忠厚憨實又不乏精明仔細的性格；胖和尚行走時全身運動，一走一回頭，邊走邊擦汗，體現了大大咧咧、具有喜感幽默化的個性。

5. 以《大鬧天宮》和《三個和尚》為例，說說為什麼借鑒戲曲元素讓動畫片取得成功。

6. 觀看動畫片《驕傲的將軍》，分析影片人物造型如何借鑒了戲曲中的人物造型，借鑒了哪些戲曲的程式動作。

小提示

《說唱臉譜》是一首京劇與流行音樂相結合的戲歌，將京劇唱腔和旋律跟流行音樂相結合，將傳統戲曲元素巧妙地融入到歌曲之中，亦歌亦戲，朗朗上口，讓人們對以臉譜為代表的戲曲化特點有形象的瞭解。作詞家閻肅作詞，作曲家姚明作曲。

7. 上網學唱歌曲《說唱臉譜》，看歌詞，完成下面的問題。

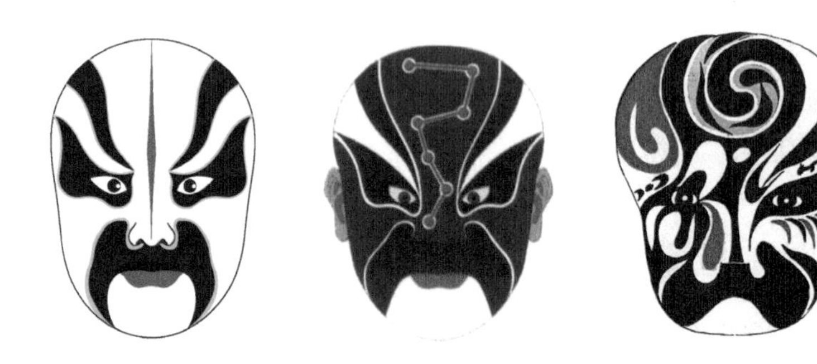

(1) 中國戲曲的三大特徵如何從臉譜中得到體現？請說說你的看法。

(2) 不同臉譜代表什麼？請結合歌詞上網查找相關資料。

8. 小組研討，選擇下面的一項合作完成。

(1) 尋找身邊戲曲元素的成功作品進行分析，如歌曲、影片、圖畫等。

(2) 選出三個廣播體操動作進行表演，說說它們借鑒了哪一個戲曲動作程式。

第二課　認識元曲雜劇

2.1　瞭解元曲與元雜劇

2.2　把握雜劇的文體特點

2.3　熟悉雜劇的詩化特徵

2.4　欣賞雜劇的典範之作

2.1 瞭解元曲與元雜劇

參考資源

本課參考資源可掃二維碼或登錄網站查看：
jpchinese.org/ibmypa3

探究驅動

閱讀並仔細品味以下幾首元曲小令的特點，思考下面的問題。

1. 舉例說說每一首小令給你帶來了哪些美的感受。
2. 根據每一首小令的內容，繪出一幅圖畫，說說畫面蘊含的意境。
3. 利用網上資源，儘可能全面瞭解每一首小令的作者。

《天淨沙・秋思》

枯藤老樹昏鴉，
小橋流水人家，
古道西風瘦馬。
夕陽西下，斷腸人在天涯。

《山坡羊・潼關懷古》

峰巒如聚，波濤如怒，
山河表裏潼關路。
望西都，意躊躇。
傷心秦漢經行處，
宮闕萬間都做了土。
興，百姓苦；亡，百姓苦！

《天淨沙・秋》

孤村落日殘霞，
輕煙老樹寒鴉，
一點飛鴻影下。
青山綠水，白草紅葉黃花。

講解

元曲一詞既可以指元代的詩歌——散曲，包括小令和套曲；也可以指元代的戲曲——元雜劇。所以說，元曲是元散曲和元雜劇的合稱。

散曲是繼唐詩、宋詞之後在宋詞基礎上發展起來的新詩體，是韻文大家族中的新成員，與漢賦、唐詩、宋詞並稱，代表了元代詩歌創作的最高成就。散曲依篇幅長短可分為小令和套數。

小令是曲的最小單位，篇幅短小，語言精煉，又稱"葉兒"。和宋詞小令相比，元曲小令沒有嚴格的字數要求，只要沒有多個曲牌都稱為小令。套數，又叫"散套"或"套曲"，由同一宮調的幾支曲子（數首小令）連綴組成。小令只含一支曲子，散套由若干曲子組成合一個曲調，與小令相比篇幅大，易於表達更豐富的內容。套曲的數量不固定，可以是數支、十數支或數十支。散曲字數沒有嚴格的規定，可以添加"襯字"（如口頭語"沒半點""則落得""兀自"等），與宋詞的典雅細膩含蓄不同，具有一種更加通俗、自由、豪放的風格特色。

元雜劇是在金院本和諸宮調的基礎上形成的一種完整成熟的戲劇形式，它把歌曲、賓白、舞蹈、表演等有機地結合起來，成為融文學創作和多種表演成分於一體的綜合藝術。元雜劇中的唱詞就是曲辭，又叫劇曲。曲辭由散曲的套曲組成，它是元雜劇密不可分的核心組成部分。這也是元雜劇又叫元曲的原因。

元散曲使元朝的詩詞具有獨立的生命。和唐詩的博大豐富、宋詞的嫵媚細膩相比，散曲具有貼近市民生活的粗獷質樸、自然生動的特點。元散曲四大家為關漢卿、鄭光祖、馬致遠與白樸。

作家名片

關漢卿　元曲四大家之首

關漢卿，號已齋，亦作一齋，字漢卿。河東南路解州（今屬山西運城市）人，大約生於金代末年（約 1229－1241），卒於元成宗大德初年（約 1300 年前後）。關漢卿是元雜劇的代表作家，中國戲劇的創始人，位於"元曲四大家"之首。代表作有《竇娥冤》《救風塵》《望江亭》《單刀會》《調風月》等。其中《竇娥冤》被稱為中國十大悲劇之一。他的作品數量超過了英國的"戲劇之父"莎士比亞，被稱為"中國的莎士比亞"。

作品檔案

《南呂·一枝花·不伏老》是關漢卿散曲的代表作。此作品真實曲折地反映了作者積極樂觀的情緒和頑強鬥爭的精神，為元代散曲所罕見。

課文

南呂[1]·一枝花·不伏老

關漢卿

【一枝花】攀出牆朵朵花，折臨路枝枝柳；花攀紅蕊嫩，柳折翠條柔。浪子風流。憑著我折柳攀花手，直煞得花殘柳敗休[2]。半生來折柳攀花，一世裏眠花臥柳。

【梁州】我是個普天下郎君[3]領袖，蓋世界浪子班頭[4]。願朱顏不改常依舊，花中消遣，酒內忘憂。分茶[5]攧竹[6]，打馬藏鬮[7]，通五音六律滑熟[8]，甚閒愁到我心頭！伴的是銀箏女[9]，銀台前、理銀箏、笑倚銀屏；伴的是玉天仙，攜玉手、並玉肩、同登玉樓；伴的是金釵客，歌金縷、捧金樽、滿泛金甌[10]。你道我老也，暫休！佔排場風月功名首[11]，更玲瓏又剔透[12]，我是個錦陣花營都帥頭[13]，曾玩府遊州。

【隔尾】子弟每是個茅草崗、沙土窩、初生的兔羔兒，乍向圍場上走[14]；我是個經籠罩、受索網、蒼翎毛老野雞[15]，蹅踏得陣馬兒熟[16]。經了些窩弓冷箭鑞槍頭[17]，不曾落[18]人後。恰[19]不道人到中年萬事休，我怎肯虛度了春秋。

【尾】我是個蒸不爛、煮不熟、捶不匾、炒不爆、響璫璫一粒銅豌豆[20]；恁[21]子弟每誰教你鑽入他鋤不斷、斫[22]不下、解不開、頓不脫、慢騰騰千層錦套頭[23]。我玩的是梁園[24]月，飲的是東京[25]酒，賞的是洛陽花[26]，攀的是章台柳[27]。我也會圍棋、會蹴踘[28]、會打圍[29]、會插科[30]、會歌舞、會吹彈、會咽作[31]、會吟詩、會雙陸[32]。你便是落了我牙、歪了我嘴、瘸了我腿、折了我手，天賜與我這幾般兒歹症候[33]，尚兀自[34]不肯休！則除是[35]閻王親自喚、神鬼自來勾，三魂歸地府，七魄喪冥幽[36]。天哪，那其間才不向煙花[37]路兒上走！

❶ 南呂：宮調名，一枝花和梁州等均屬這一宮調的曲牌。把同一宮調的若干曲子連綴起來表達同一主題，就是所謂的“套數”。

❷ 煞：俗“殺”字，這裏指摧殘。休：語助詞。

❸ 郎君：丈夫，借指為婦女所戀的男人，元曲中常用以指花花公子。

❹ 蓋：壓倒，蓋世界，用如“蓋世”。浪子，不務正業的浪蕩子弟。班頭，一班人中的頭領。

❺ 分茶：分茶又稱茶百戲、湯戲、茶戲。它是在沏茶時，運用手上功夫使茶湯的紋脈形成不同物象，從中獲得趣味的技藝遊戲。

❻ 攧（diān）竹：攧，投、擲，博戲名。遊戲時顛動竹筒使筒中某支竹籤首先跌出，視籤上標誌以決勝負。

❼ 打馬：古代的一種博戲，在圓牌上刻良馬名，擲骰子以決勝負。藏鬮（jiū）：即藏鉤，古代的一種猜拳遊戲。飲酒時手握小物件，使人探猜，輸者飲酒。

❽ 五音：宮、商、角、徵、羽。六律：十二律中單數為律，雙數為呂，統稱律呂，因此六律也就是黃鐘、太蔟、姑洗、蕤賓、夷則、無射六種音調。這裏泛指音樂。滑熟：十分圓熟、慣熟。

❾ 銀箏女：以及以下的玉天仙、金釵客，均指妓女。

❿ 金縷：曲調名，即《金縷衣》，又作《金縷曲》。唐無名氏詩有“勸君莫惜金縷衣，勸君須惜少年時。”蘇軾詩亦有“入夜更歌金縷曲，他時莫忘角弓篇”。樽、甌（ōu）：古代對酒杯的叫法。

⓫ 佔排場風月功名首：在風月排場中佔得首位。風月，亦即男女情愛。

⓬ 玲瓏又剔透：在風月場所左右逢源、八面玲瓏，元曲中這樣的人又稱“水晶球”，和“銅豌豆”同一意思。

⓭ 錦陣花營：都是指風月玩樂場所。都帥頭：總頭目。元人《析津志》説關漢卿“生而倜儻，博學能文，滑稽多智，蘊藉風流，為一時之冠”。《錄鬼簿》亦引時人言稱其為“驅梨園領袖，總編修師首，捻雜劇班頭”。

⓮ 子弟每：子弟們，此指風流浪子。每：宋元時口語，人稱代詞的複數“們”。兔羔兒：比喻未經世故的年輕人。乍：剛，才。圍場：帝王、貴族打獵之所，這裏喻指妓院。

⓯ 蒼翎毛老野雞：作者自比。蒼翎毛，就是長出老翎，翅膀夠硬。這個比喻和後面的“銅豌豆”相類。籠罩、索網，都是指圍場上驚險的場面。

⓰ 蹅（chǎ）踏：踐踏、糟蹋，此指踏陣衝突。陣馬兒，陣勢。陣馬兒熟，即什麼陣勢沒有見過。

⓱ 窩弓：伏弩的一種，獵人藏在草叢內射殺獵物的弓弩。鑞（là）槍頭：元曲中一般都用作“銀樣蠟槍頭”，意思是好看不中用。

⓲ 落：此處應該讀 là。

⓳ 恰：豈，難道。

⓴ 匾：同“扁”。銅豌豆：妓院中對老狎客的稱呼。

㉑ 恁（nèn）：通“那”，如此，這樣。又有“恁每”一詞，即“你們”的意思，“恁子弟每”就是“您子弟們”的意思。

㉒ 斫（zhuó）：用刀、斧頭砍。

㉓ 錦套頭：錦繩結成的套頭，比喻圈套、陷阱。

㉔ 梁園：又名“梁苑”。漢代梁孝王劉武所建的園子，司馬相如等延居園中，故址在河南商丘東南，園內有池館林木，梁王日與賓客遊樂，因此後來以之泛指名勝遊玩之所。

㉕ 東京：漢代以洛陽為東京，五代至北宋以汴州（今河南開封）為東京，遼時改南京（今遼陽）為東京。此處代指名勝之地。

㉖ 洛陽花：指牡丹。古時洛陽以產牡丹花著名。

㉗ 章台柳：代指妓女。章台：漢長安街名，娼妓所居的地方。

㉘ 蹴踘（cùjū）：中國古代的一種足球運動。又寫成“蹴鞠”。踘，同“鞠”，古代的一種皮球。

㉙ 打圍：許多打獵的人從四面八方圍捕野獸。

㉚ 插科：戲曲演員在表演中穿插的引人發笑的動作。常同“打諢”合用，稱“插科打諢”。

㉛ 咽作：指唱曲。

㉜ 雙陸（liù）：又名“雙六”，古代一種賭博遊戲。

㉝ 歹症候：本是指病，借指惡習、壞脾性。歹：不好。

㉞ 兀自：方言，仍舊，還是。尚兀自：仍然還。

㉟ 則除是：除非是。則：同“只”。

㊱ 冥幽：與前文“地府”同義，指傳説中的陰間。

㊲ 煙花：原指妓院，亦指妓女。

課文分析

《不伏老》成功地塑造了一位個性鮮明的浪子形象——一顆“蒸不爛、煮不熟、捶不匾、炒不爆、響璫璫”的銅豌豆。這個風流浪子多才多藝桀驁不馴，流連於市井和青樓，玩世不恭詼諧挑達，顯然這全然迥異於傳統文士的人格理想和價值追求。這個浪子銅豌豆，是元代知識分子被時代打壓摧折的產物，是作者本人也是以他為代表的一代書會才人精神面貌的寫照。作品表現了人物憤世嫉俗的感情，凸顯了他頑強、樂觀、幽默的性格，表達了人物不向黑暗勢力屈服，不向艱難困苦低頭，勇敢堅定地追求自由的元代時代精神。

詩人有意識地炫耀了為世俗所不齒的勾欄妓院中浪漫放縱的生活情趣，以濃烈的色彩渲染了“折柳攀花”“眠花臥柳”的風流浪子的浪漫生活，用玩世不恭的口吻充分表達了他對世俗觀念的嘲諷以及對封建規範的蔑視和反抗。“我是個普天下郎君領袖，蓋世界浪子班頭”。“郎君”“浪子”一般指混跡於娼妓間的花花公子。關漢卿反貶為褒，以“郎君領袖”“浪子班頭”自居，顛覆了世俗觀念。作者自豪高傲地誇耀了自己的浪子生活和自己的才情，以詼諧幽默的語調表達出對黑暗現實的嘲謔與不屑，蘊含了對個人智慧和力量的自信和對自我人生的自由選擇，以及自我存在價值的肯定與褒揚。

在尾曲中，作者大膽誇張，巧妙地使用雙關語，把自己比作“一粒銅豌豆”，並用精確的襯字來刻畫“銅豌豆”，賦予了這個形象頑強幽默、詼諧樂觀、憤世嫉俗、不屈不撓的性格。作者突出表達了不伏老“不肯休”的決心，“你便是落了我牙、歪了我嘴、瘸了我腿、折了我手，天賜與我這幾般兒歹症候，尚兀自不肯休！則除是閻王親自喚、神鬼自來勾，三魂歸地府，七魄喪冥幽。天哪，那其間才不向煙花路兒上走！”這是作者藐視困難，至死不休，按自己的理想完成人生使命的宣言，全曲在高昂的宣誓聲中結束，完美地體現出人物追求人生價值的堅定信念與頑強意志，賦予了人的自由精神不可戰勝的勇氣與力量。

藝術特色

《南呂．一枝花．不伏老》這套曲子充分發揮了散曲形式的特點，語言生動詼諧，大膽而又誇張，刻畫了人物狂放高傲的性格特點，抒發了作者激情澎湃、昂揚不屈的思想情感。其藝術特點主要體現在幾個方面：

1. 現實與浪漫的結合

作品把真切的現實與浪漫的誇張緊密結合在一起，將生活中真實存在的“銅豌豆”

與浪漫理想的藝術形象結合在了一起，刻畫出一個極具象徵意義的“浪子”形象。“我”自稱“是個蒸不爛、煮不熟、捶不匾、炒不爆、響璫璫一粒銅豌豆”，黑暗的社會與醜惡的勢力對我無可奈何！我想我所想，為我所為，這是多麼獨立自由而又高傲不羈的人格與精神，多麼令人憧憬與嚮往的人生境界！

2. 豪邁磅礴的情感氣勢

此曲以第一人稱方式暢所欲言直抒胸臆，情感真誠熱烈，氣勢奔放磅礴。作者用詼諧誇張的語言，誇大其詞地渲染了縱情浪漫的生活，誇耀了多才多藝無所不能的才幹，表明了決不與黑暗現實妥協的決心。曲中運用大量短促有力的排比句、連環句，增添了斬釘截鐵鏗鏘堅定的節奏感，讀來朗朗上口一氣呵成，激發出熱情豪放淋漓盡致的抒情效果。

3. 襯字技巧極致發揮

這首散曲最大的特點就是大量添加襯字。

（1）增加襯字，突破了詞的字數限制，曲調的字數隨著旋律的往復得以自由伸縮增減，使得曲子的節奏變得更加靈動豐富，旋律更具有美感，增強了散曲的藝術感染力。如首兩句，作者在本格七、七句式之外，增加了 39 個襯字，使之成為散曲中少見的長句。這些長句以排列有序的一連串三字短句組成，長短結合，營造出了語勢跳躍、句式靈活多變、情感跌宕有致的旋律節奏感。

（2）增加襯字使得全曲的語言口語化、生動化、通俗化，讓本色平淡的語言變得活潑神奇，形成了幽默風趣、極盡誇飾的風格特色。如在“銅豌豆”前加“蒸不爛、煮不熟、捶不匾、炒不爆”等襯字，鮮明形象地突出了“風流浪子”的性格特點，給人留下了深刻難忘的印象。

課堂活動

1. 為什麼説元代社會民族階級矛盾深重，是一個知識分子無出路、無前途、苦悶的時代？

小提示

元代是蒙古人統治中國的時代，等級制嚴格，有所謂“民分四類、人分十等”之說。“民分四類”指的是根據民族成分將蒙古人、色目人（西域人）、漢人（原中國金朝統治下的各族人）以及南人（原南宋統治下的居民）分為四等，漢族知識分子屬於最下等之列。“人分十等”指的是根據人的社會地位將人劃為十等，分別是“一官、二吏、三僧、四道、五醫、六工、七獵、八娼、九儒、十丐”。其中“儒”指的就是漢族的知識分子，被列為第九等，僅居於末等的乞丐之上。由此可見知識分子在元代受到歧視和苛待。科舉制度的廢置堵塞了知識分子的仕途，元初大部分知識分子都懷才不遇找不到出路，陷入生活的困苦之中。

傳統知識分子的生活模式一般有兩類：“求仕”（當官）和“歸隱”（隱居），兩者對於元代知識分子都不適用。關漢卿選擇了自己獨特的生活方式——在勾欄瓦舍中生活創作以實現自己的人生價值。這是一種不受傳統思想意識束縛、敢與整個封建傳統相抗衡的人生選擇。

閱讀散曲，必須結合元代特定的歷史情境才能理解曲中刻意渲染的玩世不恭、遊戲人生的態度，理解“浪子”形象所體現的對傳統道德規範的叛逆精神。公開嘲諷世俗觀念，讚揚任性所為、無所顧忌的個體生命意識，展示出獨立不羈的自由精神、敢作敢為的凜然正氣，以及不屈不撓頑強抗爭的意志，正是這首散曲的價值所在。

2. 如何看待作品中的“我”？你贊同下面哪種説法？

(1)“銅豌豆”的套曲是一段演唱內容。“我”是劇中的一個人物。關漢卿借劇中人物的口，表達了自己人格的堅毅，顯現出不淫不屈不移的高貴。

(2)“銅豌豆”的套曲是一篇作者自敘與宣言。“我”就是作者本人。“銅豌豆”是關漢卿生活情趣和思想性格的真實寫照，是他對自己一生走過道路的藝術概括。

3. 小組討論，在班級分享。

(1) 關漢卿為什麼要塑造一個“浪子”的形象？這個形象的典型意義何在？

(2) 作品塑造“浪子”的形象表現了怎樣的時代精神？

(3) 作者為什麼極力炫耀自己是“普天下郎君領袖，蓋世界浪子班頭”？

4. 以課文為例，説説什麼是套曲。

作者如此大張旗鼓地吹嘘在風月場中風流無敵的手段，炫耀長期混跡勾欄妓院與歌妓戲子為伍放蕩不羈的生活，是有社會歷史原因的。

5. 下面哪些詞語可以用來形容此作品的風格？請舉出作品中的例子加以解釋說明。

冒犯神聖、自我嘲弄　徹底叛逆、黑色幽默　雄健豪宕、悲涼無奈

憤怒不滿、堅韌不屈　與世抗爭、凜然正氣

6. 什麼是襯字？請舉例說說加襯字的作用與效果。

7. 你認為這首套曲為什麼得到了不同時代讀者的讚揚？

8. 舉例說說作品使用了哪些技巧手法，起到了怎樣的藝術效果。

9. 請根據課文內容，針對以下的選項做出自己的選擇，並說出理由。你可選擇多項。

關漢卿的這首散曲被看作是：

□ 作者個人的內心獨白

□ 人物形象的自畫像

□ 叛逆封建社會價值系統的大膽宣言

□ 對知己好友的真誠表白

2.2 把握雜劇的文體特點

參考資源

本課參考資源可掃二維碼或登錄網站查看：
jpchinese.org/ibmypa3

探究驅動

觀看影片《竇娥冤》的前半部分，觀察人物的特點，釐清劇中的人物關係。

講解

元雜劇發源於大都（今北京）。元代異族統治的社會現實促成了元雜劇的繁榮，元雜劇在對各種藝術形式進行了不斷的吸收和自我創新之後取得了輝煌的成就，眾多的作家和優秀的劇作締造了中國戲曲的黃金時代。

元雜劇的內容具有鮮明的時代社會特色：

1. 反映百姓的生活狀況

元雜劇的作者是具有較高文化修養的傳統文人。元蒙統治者廢除了科舉制度，斷絕了知識分子躋身仕途的可能，把他們貶到社會底層。曾經養尊處優的知識分子成為普通百姓的一員，他們中的不少人認識到自己個人的命運和整個時代、民族的命運是相互聯繫在一起的，百姓的生活和情感理想和他們密切相關。所以，在戲曲創作時，他們要表現的內容與詩詞不同，不是為了抒發個人主觀心緒意趣，而是以反映時代、反映社會現實矛盾和百姓的人生感受為己任。一些優秀的劇目因為反映了百姓人生而成為了不朽的經典作品，如關漢卿的《竇娥冤》。

山西洪洞元雜劇壁畫

2. 揭露社會問題，具有批判現實精神

許多作品反映了底層百姓的願望，揭露了社會的黑暗，批判了元代的“權豪勢要”。前期雜劇突出表達了元代社會的民族情緒，塑造了一系列敢於反抗民族壓迫的人物形象，用歷史上的民族英雄事跡來寄託民族情感，如關漢卿的《單刀赴會》、紀君祥的《趙氏孤兒》。

3. 歌頌美好愛情，表現民主自由思想

元雜劇作中有一大批描寫愛情、婚姻、娼妓、家庭問題的作品，表達了作家對婦女的關注、同情和讚揚。其中著名的代表作《西廂記》提出了“願天下有情人都成了眷屬”的婚戀理想，成為千百年來人們對愛情最美好的祝願。作品表達了男女青年要求戀愛自由、婚姻自主的願望，具有進步的自由民主色彩，顯示出反封建的主題。

課文

竇娥冤・楔子

關漢卿

（卜兒蔡婆上，詩云）花有重開日，人無再少年。不須長富貴，安樂是神仙。老身蔡婆婆是也，楚州人氏，嫡親三口兒家屬。不幸夫主亡逝已過，止有一個孩兒，年長八歲，俺娘兒兩個，過其日月，家中頗有些錢財。這裏一個竇秀才，從去年問我借了二十兩銀子，如今本利該銀四十兩。我數次索取，那秀才只說貧難，沒得還我。他有一個女兒，今年七歲，生得可喜，長得可愛，我有心看上他，與我家做個媳婦，就准了這四十兩銀子，豈不兩得其便。他說今日好日辰，親送女兒到我家來，老身且不索錢去，專在家中等候，這早晚竇秀才敢待來也。

（沖末扮竇天章引正旦扮端雲上，詩云）讀盡縹緗萬卷書，可憐貧殺馬相如，漢庭一日承恩召，不說當壚說子虛。小生姓竇名天章，祖貫長安京兆人也。幼習儒業，飽有文章；爭奈時運不通，功名未遂。不幸渾家亡化已過，撇下這個女孩兒，小字端雲，從三歲上亡了他母親，如今孩兒七歲了也。小生一貧如洗，流落在這楚州居住。此間一個蔡婆婆，他家廣有錢財，小生因無盤纏，曾借了他二十兩銀子，到今本利該對還他四十兩。他數次問小生索取，教我把甚麼還他，誰想蔡婆婆常常著人來說，要小生女孩兒做他兒媳婦。況如今春榜動，選場開，正待上朝取應，又苦盤纏缺少。小生出於無奈，只得將女孩兒端雲送與蔡婆婆做兒媳婦去。

（做歎科，云）嗨！這個那裏是做媳婦？分明是賣與他一般。就准了他那先借的四十兩銀子，分外但得些少東西，勾小生應舉之費，便也過望了。說話之間，早來到他家門首。婆婆在家麼？

（卜兒上，云）秀才請家裏坐，老身等候多時也。

（做相見科，竇天章云）小生今日一徑的將女孩兒送來與婆婆，怎敢說做媳婦，只與婆婆早晚使用。小生目下就要上朝進取功名去，留下女孩兒在此，只望婆婆看覷則個。

（卜兒云）這等，你是我親家了。你本利少我四十兩銀子，兀的是借錢的文書，還了你；再送你十兩銀子做盤纏。親家，你休嫌輕少。

（竇天章做謝科，云）多謝了婆婆，先少你許多銀子都不要我還了，今又送我盤纏，此恩異日必當重報。婆婆，女孩兒早晚呆癡，看小生薄面，看覷女孩兒咱。

（卜兒云）親家，這不消你囑咐，令愛到我家，就做到親女兒一般看承他，你只管放心的去。

（竇天章云）婆婆，端雲孩兒該打呵，看小生面則罵幾句；當罵呵，則處分幾句。孩兒，你也不比在我跟前，我是你親爺，將就的你；你如今在這裏，早晚若頑劣呵，你只討那打罵吃。兒（噤），我也是出於無奈。

（做悲科）（唱）【仙呂】【賞花時】我也只為無計營生四壁貧，因此上割捨得親兒在兩處分。從今日遠踐洛陽塵，又不知歸期定準，則落的無語暗消魂。

（下）

（卜兒云）竇秀才留下他這女孩兒與我做媳婦兒，他一徑上朝應舉去了。

（正旦做悲科，云）爹爹，你直下的撇了我孩兒去也！

（卜兒云）媳婦兒，你在我家，我是親婆，你是親媳婦，只當自家骨肉一般。你不要啼哭，跟著老身前後執料去來。

（同下）

講解

元雜劇的體例形式

1. 元雜劇劇本的內容主要包括曲詞、賓白、科範三部分。

曲詞是劇中人物的唱詞，用來抒發人物的情感，賓白是劇中人物的說白，用來交代戲曲的故事情節。賓白包括獨白、對白、帶白、插白、旁白、分白等樣式。獨白，是一個人獨自的說白；對白，是二人或二人以上的對話；帶白，是唱曲的過程中偶爾插入的說白；插白，是主唱的角色在唱曲時，另一角色插入的說白；旁白，是劇中人物對話時，面向觀眾的說白。元雜劇把有關動作、表情、效果等的舞台指示叫做“科”或“科範”。

2. 元雜劇的結構一般是一本四折，演一個完整的故事，前面加一個楔子。

“楔子”用在最前面，作為劇情的開端，相當於序幕。“題目正名”在雜劇劇本的末尾用以結束全劇情節。“題目正名”一般是兩句、四句或八句對句，總括全劇的內容，最後一句作為這一雜劇的劇名。如《竇娥冤》，題目正名：

秉鑒持衡廉訪法

感天動地竇娥冤

3. 折，相當於場和幕，以同一宮調的一套樂曲唱完為一折，相當於現在的一場。

一本四折，就是指戲曲情節發展的四個段落，符合戲劇衝突的形成、發展、高潮和解決的四個階段。也有的作品突破了一本四折的體制，如《西廂記》就有五本二十一折。

4. 元雜劇的角色分工細密，主次明顯。

一本戲中主要人物為正角色，男主角稱為正末，女主角稱為正旦。只有主要角色獨唱，稱“一人主唱”，這種“一人主唱”可以極大地發揮歌唱藝術的特長，酣暢淋漓地塑造主要人物形象。末、旦之外，還有副末、貼旦、淨、孤、卜兒等角色，他們只有科白，沒有唱詞，只演不唱。

5. 元雜劇每一折用一套曲子。

（1）曲，是音樂與曲調，戲曲的音樂與曲調具有程式性。每個劇種都有其常用聲腔、常用板式、常用曲牌以及主奏樂器和演唱技巧。

戲曲的音樂由曲調名、宮調和曲牌組成，曲牌代表了音樂風格。一部雜劇有一個宮調，這一個宮調由多個曲牌組成，一韻到底。

一人主唱的曲調唱腔，使得劇中人物的性格、情緒、劇情的發展在曲調中得到充分表現，充分刻畫人物內心的情感，淋漓盡致地表達人物的喜怒哀樂，起到了突出人物性格的作用。

根據曲調可以判斷劇種的不同，如一部《西廂記》，故事情節一樣，人物裝扮相同，但因為曲調不同就出現了劇種的差別，則有了越劇、粵劇、京劇等上百個不同的《西廂記》。

（2）詞，就是戲曲的曲詞，是戲曲塑造人物形象最重要的手段。戲曲的曲詞繼承了中國詩歌傳統的託物比興情景交融的方法，把景物描寫與人物的身份、教養、性格、心境有機結合，構成詩情畫意的意境。

課堂活動

1. 以小組為單位，分角色朗讀課文，體會人物的情感。
2. 課文中有哪幾個人物？他們之間是什麼關係？請描述一下他們各自的身份有什麼特點，列出一份人物關係表。
3. 用講故事的方法概括說明“楔子”的內容大意，根據內容，猜想一下後面劇情的發展，並作簡要的記錄。

4. 根據課文內容，解釋下面戲曲劇本的專用術語的意思，並舉例子説明。

	字詞意思	劇本提示的類別	例子
上			
下			
云			
扮			
詩云			
科			
白			
楔子			
題目正名			
唱			

5. 用自己的語言，解釋下面句子的意思。

- 老身蔡婆婆是也，楚州人氏，嫡親三口兒家屬。
- 這裏一個竇秀才，從去年問我借了二十兩銀子，如今本利該銀四十兩。我數次索取，那秀才只說貧難，沒得還我。
- 小生姓竇名天章，祖貫長安京兆人也。幼習儒業，飽有文章；爭奈時運不通，功名未遂。
- 不幸渾家亡化已過，撇下這個女孩兒，小字端雲，從三歲上亡了他母親，如今孩兒七歲了也。
- 況如今春榜動，選場開，正待上朝取應，又苦盤纏缺少。小生出於無奈，只得將女孩兒端雲送與蔡婆婆做兒媳婦去。
- 爹爹，你直下的撇了我孩兒去也！

6. 從課文中你看到了當時社會存在哪些問題？這些問題在現在的社會中存在嗎？請舉例説明。

7. 你如何看待劇中人物的所作所為？如何評價蔡婆和竇父？

8. 如果你是劇中的竇娥，你當時會有什麼感受？你的心裏會有什麼樣的想法？請用自己的話把它們寫出來。

2.3 熟悉雜劇的詩化特徵

探究驅動

1. 觀看視頻《黛玉焚稿》，仔細聆聽，參看字幕，寫出你聽到的唱詞。
2. 小組討論：這段戲曲的唱詞有什麼特點？和詩詞文體相比，有哪些相同之處？

參考資源

本課參考資源可掃二維碼或登錄網站查看：jpchinese.org/ibmypa3

講解

詩歌與戲曲是兩個不同的藝術範疇。但是戲曲與中國的詩歌有著密切的血緣關係。

1. 詩歌和戲曲共同具有抒情性

中國古典詩歌以抒情詩為重，中國戲曲也重情感表達。元雜劇具有抒情化的特徵。戲曲的曲詞居於主導地位，對白在元雜劇中居於附屬地位，所以叫做“賓白”。元雜劇一人主唱的體制，讓主人公通過大段的唱段抒發強烈的主觀情感，達到以情感人的藝術效果。

2. 戲曲的唱詞直接化用了詩句

元雜劇的曲詞大量化用或改寫古典詩歌，特別是唐宋詩詞的語彙和成語，具有詩化的傾向。很多優秀的唱詞本身就是優美的詩詞，因而曲詞具有濃郁的抒情性和醇厚的詩味。有些折子戲，本身在故事情節上沒有發展，而是用全部的曲詞來抒發主人公的情感。比如《西廂記》第四本第三折《長亭送別》，鶯鶯用大段的唱詞抒發她不忍與張生離別的心情。唱道：“碧雲天，黃花地，西風緊，北雁南飛。曉來誰染霜林醉？總是離人淚。”這幾句唱詞就分別出自范仲淹的《蘇幕遮》：“碧雲天，黃葉地，秋色連波，波上寒煙翠”和李清照的《聲聲慢》“滿地黃花堆積”，膾炙人口且具有濃厚的詩情畫意。

元雜劇的詩化特色不只體現在曲詞的詩化上，元雜劇的賓白也體現了詩化的趨向。賓白中有散語賓白和韻語賓白，韻語賓白就是以詩歌的方式出現的。這些賓白也增加了戲曲的詩意。

3. 戲曲借鑒了借景抒情的手法

中國古典詩歌最講究借景抒情。戲曲借用了這樣的藝術手法，增加了戲劇的詩意之美。戲曲的唱詞利用特定的景物來交代環境，抒寫情懷，達到了情景交融、人景合一的詩歌意境。如，前面《黛玉焚稿》的唱詞中唱出“只落得一彎冷月葬詩魂”，曲詞用一彎“冷月”寫出淒冷蕭瑟的夜景，通過寫景表達黛玉的悲慘情懷，深刻地揭示了人物內心的痛楚絕望，產生了強烈的藝術感染力。

作家名片

王實甫（1260–1336）元代著名雜劇作家

王實甫，名德信，大都（今北京）人，元代著名雜劇作家。他繼承了唐詩宋詞精美的語言藝術，又吸收了元代民間生動活潑的口頭語言，創造了文采璀璨的元曲詞彙，成為中國戲曲史上“文采派”的傑出代表。著有雜劇十四種，現存《西廂記》《麗春堂》《破窯記》三種。五本二十一折的《西廂記》是他的代表作，被譽為元代雜劇創作中最優秀的作品之一。

課文

西廂記·第四本第三折·長亭送別

王實甫

（夫人、長老上云）今日送張生赴京，十里長亭，安排下筵席；我和長老先行，不見張生、小姐來到。（旦、末、紅同上）（旦云）今日送張生上朝取應，早是離人傷感，況值那暮秋天氣，好煩惱人也呵！“悲歡聚散一杯酒，南北東西萬里程。”

【正宮】【端正好】碧雲天，黃花地，西風緊，北雁南飛。曉來誰染霜林醉？總是離人淚。

【滾繡球】恨相見得遲，怨歸去得疾。柳絲長玉驄難繫，恨不倩疏林掛住斜暉。馬兒迍迍的行，車兒快快的隨，卻告了相思迴避，破題兒又早別離。聽得道一聲“去也”，鬆了金釧；遙望見十里長亭，減了玉肌：此恨誰知？

（紅云）姐姐今日怎麼不打扮？（旦云）你那知我的心裏呵！

【叨叨令】見安排著車兒、馬兒，不由人熬熬煎煎的氣；有甚麼心情花兒、靨兒，打扮得嬌嬌滴滴的媚；準備著被兒、枕兒，只索昏昏沉沉的睡；從今後衫兒、袖兒，都揾做重重疊疊的淚。兀的不悶殺人也麼哥？兀的不悶殺人也麼哥？久已後書兒、信兒，索與我恓恓惶惶的寄。

（做到）（見夫人科）（夫人云）張生和長老坐，小姐這壁坐，紅娘將酒來。張生，你向前來，是自家親眷，不要迴避。俺今日將鶯鶯與你，到京師休辱末了俺孩兒，掙揣一個狀元回來者。（末云）小生託夫人餘蔭，憑著胸中之才，視官如拾芥耳。（潔云）夫人主見不差，張生不是落後的人。（把酒了，坐）（旦長吁科）

【脫布衫】下西風黃葉紛飛，染寒煙衰草萋迷。酒席上斜籤著坐的，蹙愁眉死臨侵地。

【小梁州】我見他閣淚汪汪不敢垂，恐怕人知；猛然見了把頭低，長吁氣，推整素羅衣。

【幺篇】雖然久後成佳配，奈時間怎不悲啼。意似癡，心如醉，昨宵今日，清減了小腰圍。

（夫人云）小姐把盞者！（紅遞酒，旦把盞長吁科，云）請吃酒！

【上小樓】合歡未已，離愁相繼。想著俺前暮私情，昨夜成親，今日別離。我諗知這幾日相思滋味，卻原來比別離情更增十倍。

【幺篇】年少呵輕遠別，情薄呵易棄擲。全不想腿兒相挨，臉兒相偎，手兒相攜。你與俺崔相國做女婿，妻榮夫貴，但得一個並頭蓮，煞強如狀元及第。

（夫人云）紅娘把盞者！（紅把酒了）（旦唱）

【滿庭芳】供食太急，須臾對面，頃刻別離。若不是酒席間子母們當迴避，有心待與他舉案齊眉。雖然是厮守得一時半刻，也合著俺夫妻每共桌而食。眼底空留意，尋思起就裏，險化做望夫石。

（紅云）姐姐不曾吃早飯，飲一口兒湯水。（旦云）紅娘，甚麼湯水嚥得下！

【快活三】將來的酒共食，嚐著似土和泥。假若便是土和泥，也有些土氣息，泥滋味。

【朝天子】暖溶溶玉醅，白泠泠似水，多半是相思淚。眼面前茶飯怕不待要吃，恨塞滿愁腸胃。"蝸角虛名，蠅頭微利"，拆鴛鴦在兩下裏。一個這壁，一個那壁，一遞一聲長吁氣。

（夫人云）輛起車兒，俺先回去，小姐隨後和紅娘來。（下）（末辭潔科）（潔云）此一行別無話兒，貧僧準備買登科錄看，做親的茶飯少不得貧僧的。先生在意，鞍馬上保重者！"從今經懺無心禮，專聽春雷第一聲。"（下）（旦唱）

【四邊靜】霎時間杯盤狼藉，車兒投東，馬兒向西，兩意徘徊，落日山橫翠。知他今宵宿在那裏？有夢也難尋覓。

（旦云）張生，此一行得官不得官，疾早便回來。（末云）小生這一去白奪一個狀元，正是"青霄有路終須到，金榜無名誓不歸"。（旦云）君行別無所贈，口占一絕，為君送行："棄擲今何在，當時且自親。還將舊來意，憐取眼前人。"（末云）小姐之意差矣，張珙更敢憐誰？謹賡一絕，以剖寸心："人生長遠別，孰與最關親？不遇知音者，誰憐長歎人？"（旦唱）

【耍孩兒】淋漓襟袖啼紅淚，比司馬青衫更濕。伯勞東去燕西飛，未登程先問歸期。雖然眼底人千里，且盡生前酒一杯。未飲心先醉，眼中流血，心內成灰。

【五煞】到京師服水土，趁程途節飲食，順時自保揣身體。荒村雨露宜眠早，野店風霜要起遲！鞍馬秋風裏，最難調護，最要扶持。

【四煞】這憂愁訴與誰？相思只自知，老天不管人憔悴。淚添九曲黃河溢，恨壓三峰華嶽低。到晚來悶把西樓倚，見了些夕陽古道，衰柳長堤。

【三煞】笑吟吟一處來，哭啼啼獨自歸。歸家若到羅幃裏，昨宵個繡衾香暖留春住，今夜個翠被生寒有夢知。留戀你別無意，見據鞍上馬，閣不住淚眼愁眉。

（末云）有甚言語囑付小生咱？（旦唱）

【二煞】你休憂文齊福不齊，我只怕你停妻再娶妻。休要一春魚雁無消息！我這裏青鸞有信頻須寄，你卻休"金榜無名誓不歸"。此一節君須記：若見了那異鄉花草，再休似此處棲遲。

（末云）再誰似小姐？小生又生此念。（旦唱）

【一煞】青山隔送行，疏林不做美，淡煙暮靄相遮蔽。夕陽古道無人語，禾黍秋風聽馬嘶。我為甚麼懶上車兒內，來時甚急，去後何遲？

（紅云）夫人去好一會，姐姐，咱家去！（旦唱）

【收尾】四圍山色中，一鞭殘照裏。遍人間煩惱填胸臆，量這些大小車兒如何載得起？

（旦、紅下）（末云）僕童趕早行一程兒，早尋個宿處。淚隨流水急，愁逐野雲飛。（下）

課文分析

我們的課文是文字寫成的劇本，通過閱讀可以感受到以下特點：

- 人物、事件、場面高度集中，展示尖銳的矛盾衝突；
- 運用唱詞賓白等元素來敘述重要情節，塑造形象，展示人物性格；
- 文辭華美，用詩詞的語句、圖畫般的意象構成情景交融的意境；

但學習劇本不能止於閱讀，必須大聲朗讀、扮演角色、參與演出才能體會曲詞優美動情的音樂之美：

- 唱詞講究詩歌樣的節奏韻律
- 唱腔和曲調旋律優美動聽
- 配樂和伴奏強化渲染豐富的感情

《西廂記》是元雜劇中最優秀的愛情劇。《西廂記》的故事，源於唐代詩人元稹的小說《鶯鶯傳》，小說記敘了少女崔鶯鶯和書生張生戀愛，最後被張生拋棄的愛情悲劇故事。在元雜劇中，王實甫改寫了結局，讓張生與鶯鶯在婢女紅娘的幫助下得以美滿結合。

主要情節：張生在老夫人的逼迫下進京趕考，鶯鶯等人在十里長亭餞行送別。

抒發情感：此折由鶯鶯主唱，抒發她別離的痛苦心情和怨恨情緒。

主要人物：

- 崔鶯鶯：《西廂記》塑造了為追求婚姻自由敢於背叛封建禮教的女性形象鶯鶯。她戰勝了封建禮教束縛，置門第富貴、功名利祿於不顧，愛上了一個窮秀才，走上了違背綱常、反抗禮教的道路。
- 張生：一個世俗化的書生形象，具有酸秀才的書卷氣特點，他熱戀時的癡狂舉止給作品增添了喜劇色彩。
- 紅娘：一個有豪俠氣概的丫環。"身為下賤"、心靈高尚，為成全崔、張的愛情婚姻，緊要關頭挺身而出，戰勝了地位高貴的老夫人。紅娘成了鋒利俏皮、機智潑辣、樂於助人的代名詞。

1.《長亭送別》在《西廂記》整個劇本中的位置

《西廂記》一共五本。第一本"張君瑞鬧道場"：寫崔、張愛情的開始。第二本"崔鶯鶯夜聽琴"：寫崔、張愛情逐漸成熟。第三本"張君瑞害相思"：寫鶯鶯、張生、紅娘內部的矛盾衝突，凸顯了他們的性格。第四本"草橋店夢鶯鶯"：寫崔、張、紅娘和老夫人的第二次正面衝突，是全劇的高潮。第五本"張君瑞慶團圓"：寫戲劇矛盾的最終解決。

第四本的第一折《酬簡》、第二折《拷紅》，鶯鶯與張生私定終身，老夫人震怒，便拷問紅娘。無奈之下，老夫人被迫接受，同時強令張生立即進京趕考，中舉才能迎娶鶯鶯。崔、張的愛情出現了新的考驗。

第三折《長亭送別》的矛盾衝突焦點是對待科舉功名的態度。鶯鶯與張生"昨夜成親，今日別離"，內心十分痛苦。另外，她還擔心張生不得功名不敢回來，或者他中舉後變心再娶。所以，鶯鶯的情感十分複雜。依戀悲傷的心情沉痛。她的唱詞深入細緻，淋漓盡致地表現了這種複雜的心理變化，塑造了鶯鶯的形象。

2. 語言賞析

這折戲的規定情境是鶯鶯、紅娘、老夫人等到十里長亭為被迫進京趕考的張生餞行。情節的發展可分為三個部分：第一，赴長亭途中。第二，長亭別宴。第三，長亭分別。開頭的對白一段文字，交代了出場人物，交代了這折戲的時間和將要展開的場面、情節，同時也交代了鶯鶯的心情。

幾支曲子抒發了鶯鶯痛苦哀愁的情感：【正宮】【端正好】："碧雲天，黃花地，西風緊，北雁南飛，曉來誰染霜林醉？總是離人淚。"通過鶯鶯對暮秋景色的感受，渲染了特定的環境氣氛，表現了人物內心深處痛苦壓抑的感情。作者沒有直接說愁道恨，而是借途中眼前的景物來言情道恨。前四句選了最具秋季特徵的景物：天、地、風、雁、林、葉、花等多種自然物作為表情的意象，具有鮮明的圖畫和色彩感，且動靜交織，所有的美麗景物在淒緊凜冽的西風中融成一體，外化了人物內心的複雜情感，構成了令人黯然神傷的意境。

這種讓人觸景生情、抒發情感的方法就是中國古典詩詞情景交融構成意境的方法。給無情的自然現象賦予觀者之情，叫做移情於物。

唱詞用字講究，“染”字，使無情的霜林與鶯鶯心中的淚水相連，有了感情色彩。“醉”字，使楓林的色彩與鶯鶯那種不能自持的狀態連在一起。這是鶯鶯移情於景的獨特感受。

優美的曲詞表達了鶯鶯的內心情感，和鶯鶯的教養、性格相互吻合。寓情於景的手法，起到了刻畫人物性格的作用。

【滾繡球】以內心獨白的方式描述了當時的場面，寫出了鶯鶯內心複雜的愁與恨。鶯鶯希望長長的柳絲能夠繫住馬兒，留住張生；希望樹林的枝杈能夠掛住夕陽，讓美好的時刻停下，但是她只能做到和張生儘量地靠近一點。作者使用了聯想和誇張的手法，突出了孤獨無助的愁苦之情，對封建門第觀念予以控訴和批判。

注意，戲曲在表達感情時，善於直接剖露人物心靈，具有淋漓盡致、直白裸露的特點。這是有別於傳統詩詞的抒情特點的。

【叨叨令】更加突出了這個特點。鶯鶯從眼前想到了別後，痛苦難忍，放聲傾訴，“熬熬煎煎”“嬌嬌滴滴”“昏昏沉沉”“重重疊疊”“悽悽惶惶”一串雙音詞的重疊句子，造成一種嗚咽哭泣的感覺，強化了人物濃烈的情緒。整個唱段嗚嗚咽咽，如泣如訴。

以上三支曲子，前兩支含蓄、凝重，第三支曲子用了一連串排比句式和重疊詞，透徹地宣泄了內心的情感，突出了雜劇表達情感的特色。

第二部分九支曲子借鶯鶯的眼中所見、心中所想表達餞別的情景和鶯鶯的感受。

【脫布衫】先寫鶯鶯眼裏的景色“下西風黃葉紛飛，染寒煙衰草萋迷”，再寫鶯鶯眼裏的張生“酒席上斜籤著坐的，蹙愁眉死臨侵地。”繼而寫出鶯鶯心情和感受。【小梁州】“閣淚汪汪”“把頭低，長吁氣”既是寫張生，也是寫自己，展現兩人經受著同樣的離愁煎熬，表達了有情人“心有靈犀”共同忍受的別離之苦。

值得注意的是【上小樓】和【幺篇】兩支曲子中，突出了鶯鶯對科舉功名的態度。“但得一個並頭蓮，煞強如狀元及第”，鶯鶯珍視真誠的愛情，輕視世俗的功名，對封建禮法“折鴛鴦在兩下裏”的專橫勢利的做法表示了強烈的不滿和怨憤。戲曲對人物的心情不是點到為止，而是深入挖掘、反覆渲染。這幾支曲子都十分形象、層層深入地表現了鶯鶯愁怨滿腔、肝腸寸斷的內心情感。【快活三】和【朝天子】都用了移情的手法，“暖溶溶玉醅，白泠泠似水，多半是相思淚。”把酒比作淡水、相思淚，既是比喻，又含有誇張和想象，表達恨愁滿腹、食不下嚥的感受，形象生動。

鶯鶯對張生的擔心很值得重視：分手在即，鶯鶯“口占”絕句一首，表達內心深恐被遺棄的隱憂。這個情節值得深思，鶯鶯和張生雖然同處於離別的傷悲之中，但是她比張生的痛苦和擔憂更加深重。在當時社會，女性被動從屬於男性，不能掌握自己的命運。以鶯鶯的聰明，她意識到了癡情地以身相許並不能得到幸福的保障，實際上是一種冒險的行動。她的痛苦具有更加深層的意義。唱詞表現了她勇敢堅強的性格。

接下來的曲子，刻畫了鶯鶯對張生體貼關懷的柔情蜜意和內心的憂慮。她不斷地叮嚀：路途保重、飲食調理……無限關切，深情款款；無盡的憂慮“眼中流血，內心成灰”。最後她忍不住表明：“我只怕你停妻再娶妻”的心跡，要求張生“君須記：若見了那異鄉花草，再休似此處棲遲！”

張生帶著鶯鶯的囑咐走了，故事已經結束，但是人物的情緒還沒有平靜。【一煞】和【收尾】中，鶯鶯佇立目送，愁緒萬端，依依不捨。唱詞首尾相應，情景交融，意境無窮。

《長亭送別》展現了情景交融的三個別離畫面，我們從中看到了鶯鶯美好的心靈，體驗了純潔的感情。

3. 藝術特色

《長亭送別》使用了多種文學技巧和手法，文詞優美，情景交融，具有詩情畫意的意境，代表了《西廂記》的語言風格和藝術成就。《長亭送別》以抒情詩的語言，敘寫人物複雜的情緒感受和內心細微的情感活動，刻畫人物性格，展示了人物純潔真摯的美好心靈世界。

課堂活動

1. 從課文中你看出女主人公鶯鶯是一個什麼樣的人？她的唱詞和對白符合了什麼樣的身份？體現出她什麼樣的個性特徵？舉例說說。

2. 從課文中你看出男主人公張生是一個什麼樣的人？他的對白符合了什麼樣的身份？體現出什麼樣的個性特徵？舉例說說。

3. 從課文中你看出老夫人是一個什麼樣的人？她和鶯鶯、張生之間有什麼樣的矛盾衝突？

4. 有人說《西廂記》的語言充滿了詩情畫意，你有什麼看法？請舉出課文的例子加以說明。

小提示

《西廂記》的語言既是詩的語言，又是劇的語言，是文學性與戲劇性的高度統一。詩化文辭華美，用詩詞的語句、圖畫般的意象構成情景交融的意境；善於化用唐詩、宋詞中的語言，典雅凝練，意境新鮮，用秋景寫離情，情景交融，將抽象的感情化為具體的形象，化虛為實，以實寫虛，以移情的方法加以表現，詩意厚濃。

5. 本折的曲詞使用了哪些修辭手法？效果如何？

修辭手法	修辭效果

6. 小組合作，研究探討：觀看《西廂記》，回答下面的問題。

(1) 為什麼說《西廂記》揭露了封建禮教和婚姻制度的不合理？

(2) 有人說"《西廂記》展示情與理的戲劇衝突，宣揚有情人成眷屬的理想可以實現"，你贊同嗎？說說理由。

7. 賞析與評論

參考相關資料，寫一篇評論《西廂記》本折語言特色的文章，題目為：《西廂記》如何通過語言描寫人物的心理活動。

2.4 欣賞雜劇的典範之作

參考資源

本課參考資源可掃二維碼或登錄網站查看：jpchinese.org/ibmypa3

探究驅動

觀看影片《竇娥冤》的後半部分，瞭解故事情節的發展，關注戲劇的結局。

講解

元雜劇發源於大都（今北京），在中國文學史上取得輝煌的成就，堪與“唐詩”“宋詞”“明清傳奇”並稱為“一代之文學”。

元雜劇的代表作家有關漢卿、鄭光祖、馬致遠、白樸，關漢卿是當之無愧的第一，是中國戲曲發展史上的豐碑，研究中國戲劇，必須瞭解元雜劇，研究元雜劇，必須瞭解關漢卿。

《竇娥冤》（全名《感天動地竇娥冤》）是關漢卿的代表作，也是中國古典戲曲悲劇的經典。關漢卿從“東海孝婦”的傳說中得到啟示，採用浪漫主義的手法，結合豐富的現實生活內容，大膽而精巧地構思出三樁誓願。這三樁誓願由小到大，由弱到強，一步步遞升，創造出濃厚的悲劇氣氛。

課文

竇娥冤・第三折

關漢卿

（外扮監斬官上，云）下官監斬官是也。今日處決犯人，著做公的把住巷口，休放往來人閑走。（淨扮公人，鼓三通、鑼三下科。劊子磨旗、提刀，押正旦帶枷上。劊子云）行動些，行動些，監斬官去法場上多時了。

（正旦唱）【正宮】【端正好】沒來由犯王法，不提防遭刑憲，叫聲屈動地驚天。頃刻間遊魂先赴森羅殿，怎不將天地也生埋怨？

【滾繡球】有日月朝暮懸，有鬼神掌著生死權。天地也，只合把清濁分辨，可怎生糊突了盜跖、顏淵？為善的受貧窮更命短，造惡的享富貴又壽延。天地也，做得個怕硬欺軟，卻元來也這般順水推船。地也，你不分好歹何為地？天也，你錯勘賢愚枉做天！哎，只落得兩淚漣漣。

（劊子云）快行動些，誤了時辰也。

（正旦唱）【倘秀才】則被這枷紐的我左側右偏，人擁的我前合後偃，我竇娥向哥哥行有句言。

（劊子云）你有甚麼話說？

（正旦唱）前街裏去心懷恨，後街裏去死無冤，休推辭路遠。

（劊子云）你如今到法場上面，有甚麼親眷要見的，可教他過來，見你一面也好。

（正旦唱）【叨叨令】可憐我孤身隻影無親眷，則落的吞聲忍氣空嗟怨。（劊子云）難道你爺娘家也沒的？（正旦云）止有個爹爹，十三年前上朝取應去了，至今杳無音信，（唱）早已是十年多不睹爹爹面。（劊子云）你適才要我往後街裏去，是甚麼主意？（正旦唱）怕則怕前街裏被我婆婆見。（劊子云）你的性命也顧不得，怕他見怎的？（正旦云）俺婆婆若見我披枷帶鎖赴法場餐刀去呵，（唱）枉將他氣殺也麼哥，枉將他氣殺也麼哥。告哥哥，臨危好與人行方便！（卜兒哭上科，云）天那，兀的不是我媳婦兒！（劊子云）婆子靠後。（正旦云）既是俺婆婆來了，叫他來，待我囑付他幾句話咱。（劊子云）那婆子，近前來，你媳婦要囑付你話哩。（卜兒云）孩兒，痛殺我也！（正旦云）婆婆，那張驢兒把毒藥放在羊肚兒湯裏，實指望藥死了你，要霸佔我為妻。不想婆婆讓與他老子吃，倒把他老子藥死了。我怕連累婆婆，屈招了藥死公公，今日赴法場典刑。婆婆，此後遇著冬時年節，月一十五，有瀽不了的漿水飯，瀽半碗兒與我吃；燒不了的紙錢，與竇娥燒一陌兒。則是看你死的孩兒面上！（唱）

【快活三】念竇娥葫蘆提當罪愆，念竇娥身首不完全，念竇娥從前已往幹家緣，婆婆也，你只看竇娥少爺無娘面。

【鮑老兒】念竇娥伏侍婆婆這幾年，遇時節將碗涼漿奠；你去那受刑法屍骸上烈些紙錢，只當把你亡化的孩兒薦。（卜兒哭科，云）孩兒放心，這個老身都記得。天那，兀的不痛殺我也！（正旦唱）婆婆也，再也不要啼啼哭哭，煩煩惱惱，怨氣衝天。這都是我做竇娥的沒時沒運，不明不暗，負屈銜冤。（劊子做喝科，云）兀那婆子靠後，時辰到了也。（正旦跪科）（劊子開枷科）（正旦云）竇娥告監斬大人，有一事肯依竇娥，便死而無怨。（監斬官云）你有甚麼事？你說。（正旦云）要一領淨席，等我竇娥站立；又要丈二白練，掛在旗槍上：若是我竇娥委實冤枉，刀過處頭落，一腔熱血休半點兒沾在地下，都飛在白練上者。（監斬官云）這個就依你，打甚麼不緊。（劊子做取席站科，又取白練掛旗上科）

（正旦唱）【耍孩兒】不是我竇娥罰下這等無頭願，委實的冤情不淺；若沒些兒靈聖與世人傳，也不見得湛湛青天。我不要半星熱血紅塵灑，都只在八尺旗槍素練懸。等他四下裏皆瞧見，這就是咱萇弘化碧，望帝啼鵑。

（劊子云）你還有甚的說話，此時不對監斬大人說，幾時說那？（正旦再跪科，云）大人，如今是三伏天道，若竇娥委實冤枉，身死之後，天降三尺瑞雪，遮掩了竇娥屍首。（監斬官云）這等三伏天道，你便有衝天的怨氣，也召不得一片雪來，可不胡說！

（正旦唱）【二煞】你道是暑氣暄，不是那下雪天；豈不聞飛霜六月因鄒衍？若果有一腔怨氣噴如火，定要感的六出冰花滾似綿，免著我屍骸現。要甚麼素車白馬，斷送出古陌荒阡！

（正旦再跪科，云）大人，我竇娥死的委實冤枉，從今以後，著這楚州亢旱三年。（監斬官云）打嘴！那有這等說話！

（正旦唱）【一煞】你道是天公不可期，人心不可憐，不知皇天也肯從人願。做甚麼三年不見甘霖降？也只為東海曾經孝婦冤。如今輪到你山陽縣，這都是官吏每無心正法，使百姓有口難言。

（劊子做磨旗科，云）怎麼這一會兒天色陰了也？（內做風科，劊子云）好冷風也！

（正旦唱）【煞尾】浮雲為我陰，悲風為我旋，三樁兒誓願明題遍。（做哭科，云）婆婆也，直等待飛雪六月，亢旱三年呵，（唱）那其間才把你個屈死的冤魂這竇娥顯。

（劊子做開刀，正旦倒科）（監斬官驚云）呀，真個下雪了，有這等異事！（劊子云）我也道平日殺人，滿地都是鮮血，這個竇娥的血都飛在那丈二白練上，並無半點落地，委實奇怪。（監斬官云）這死罪必有冤枉，早兩樁兒應驗了，不知亢旱三年的說話，準也不準？且看後來如何。左右也不必等待雪晴，便與我抬他屍首，還了那蔡婆婆去罷。（眾應科，抬屍下）

課文分析

劇情梗概

第一折：竇娥婚後不到兩年丈夫去世，她與蔡婆相依為命。蔡婆外出討債，差點被賴賬的賽盧醫勒死，巧被張驢兒父子倆解救。流氓張驢兒趁機搬進蔡家，並威迫婆媳與他們父子成親，竇娥嚴辭拒絕。

第二折：張驢兒逼婚失敗，妄想藥死蔡婆以威逼竇娥允婚就範，不料反而毒死其父。張驢兒於是誣告竇娥殺人之罪。竇娥心地光明磊落寧願見官，她指望官吏“明如鏡，照妾身”，能主持公道，明斷此案。公堂上貪官污吏楚州太守桃杌嚴刑拷問，官吏貪贓枉法，竇娥受盡折磨“一杖下，一道血，一層皮”，對官府寄予的幻想徹底泯滅，從而點燃了心底覺醒的火光。後因竇娥不忍婆婆年老體弱酷刑折磨，含冤忍痛屈打成招，被判斬刑。

第三折：驚心動魄將悲劇衝突推向頂端。竇娥被押赴刑場。臨刑前，竇娥為表明自己冤屈，指天立誓，死後將血濺白練而血不沾地、六月飛霜（降雪）三尺掩其屍、楚州亢旱（大旱）三年，結果全部應驗。

第四折：三年後，竇娥的冤魂向已經擔任廉訪使的父親控訴；案情重審，將賽盧醫發配充軍、昏官桃杌革職永不敘用，張驢兒斬首，竇娥冤情得以昭彰。最後竇娥的冤魂希望父親竇天章能夠將親家蔡婆婆接到住所，代替竇娥盡孝道，竇父應允，全劇結束。

藝術特點

1. 悲劇形象突出

竇娥，中國古代一個光輝不朽的女性典型形象，忠烈不屈含冤莫伸。

2. 悲劇衝突的廣泛性與深刻性

惡霸官府沆瀣一氣——邪惡勢力的橫行，封建官吏的酷虐

平民女子飽受苦難——勤勞善良，卻無辜蒙冤遭迫害慘死

主人公童養媳兼寡婦竇娥短暫的一生、不幸的悲慘遭遇，正是封建時代勞動人民特別是婦女所遭受的悲慘命運的縮影，它超越了個人的狹隘範圍，具有整個社會的普遍性；竇娥被冤屈至慘死，遭遇了"一個人遭受不應遭受的厄運"（亞里斯多德《詩學》），展示了善與惡、正與邪的鬥爭，蘊含著深邃的悲劇意義及巨大的審美價值。

3. 結構安排巧妙

第三折安排了三個場面，一步步把悲劇衝突推向高潮，完成主人公性格的塑造。故事情節有張有弛，疏密相間，富有鮮明的藝術節奏。

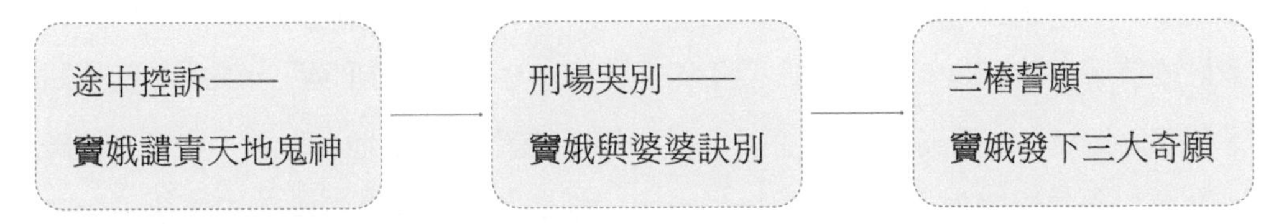

4. 曲白相生，說白與唱詞相互補充，敘述故事情節，刻畫人物性格，突出作品主題。

《竇娥冤》第三折是旦本戲，由一位女主角主唱。唱段由一個宮調和下屬的十支曲牌組成。宮調是【正宮】，下屬的曲牌有【端正好】【滾繡球】【倘秀才】【叨叨令】【快活三】【鮑老兒】【耍孩兒】【二煞】【一煞】【煞尾】。

主人公竇娥三歲喪母，七歲與父親分離被賣為童養媳，新婚不久便喪夫守寡，遭遇悲慘無以復加。作品用了十個曲牌的唱段表現了竇娥哀傷苦悶、悽婉悲愴、不屈抗爭等諸種情感。

《竇娥冤》的抒情方式，對比鮮明。三種抒情方式，三種曲調演唱風格，形成強烈的對比，一張一弛跌宕多姿，充滿戲劇波瀾，具有極強的藝術感染力。

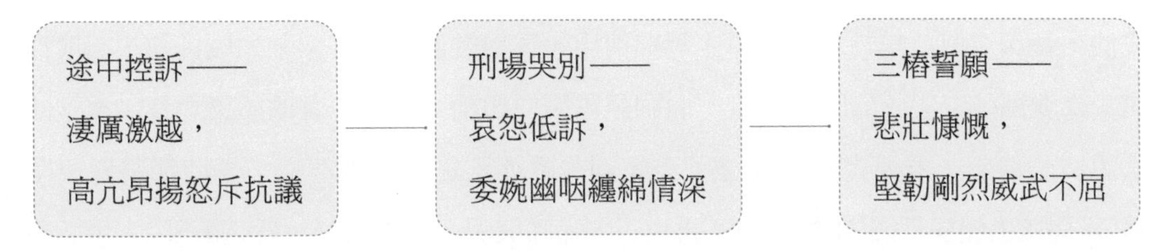

途中控訴，採用戲曲中傳統的抒情獨唱形式，聲腔淒厲激越，傾悲憤之情，吐抗爭之氣，其勢若驚濤駭浪，一往直前，不可阻遏，悲人“則欲泣，欲訴”，怒人“則欲殺，欲割”，極為有力地推進戲劇衝突，將人物性格刻畫得更加鮮明。

刑場哭別，採用典型細節及人物之間的對白來描寫訣別，突出了竇娥性格中善良溫柔的一面，令形象更豐滿。

三樁誓願，竇娥唱的【耍孩兒】以下四支曲子由低沉悲痛轉為蒼涼悲壯。其中曲詞“浮雲為我陰，悲風為我旋”，配合強烈的舞台效果，極力渲染，霎那間舞台空間為濃厚的悲劇氣氛所籠罩，“那其間才把你個屈死的冤魂這竇娥顯”，於是全劇的矛盾衝突推向最高潮，主題得到進一步深化，產生震撼人心的藝術力量。

一開幕，劊子手搖旗提刀，監斬官厲聲吆喝，緩慢沉悶的鑼鼓聲，營造出舞台一片陰森緊張的氛圍。竇娥在陰森肅殺的氣氛中上場，她披枷帶鎖，“左側右偏”，被劊子手團團簇擁，“前合後偃”押往刑場。竇娥悲訴怒斥呼天搶地，連唱了兩支曲子；【端正好】【滾繡球】用怒斥和抗議的語調，自述對人世的深刻認識，凸顯出與貪官污吏的尖銳矛盾，悲劇氣氛濃重。

卑微弱小的竇娥在強大而兇惡的迫害者面前，正氣凜然，意志頑強，敢於進行理直氣壯的抗爭。前支曲，大聲哭號“沒來由犯王法，不提防遭刑憲”，表明她的冤屈深重，怨聲足以“動地驚天”；後支曲，“怨”而轉“怒”，合天地、鬼神、官府為一體，極盡其怒目叱罵之能事，一腔義憤溢於言表。竇娥“怨”的是官吏無視王法，錯判枉斷，終釀成冤獄；“怒”的是即使主宰萬物的天地也“不分好歹”“錯勘賢愚”。

這裏“日月”喻指神聖不可侵犯的皇權，“鬼神”暗指掌握生殺予奪大權的官府，“天地”代指“奉天承命”的天子（皇帝）所賴以維繫殘暴統治的精神支柱。竇娥對日月、鬼神、天地的懷疑和控訴，實際上就是對整個封建專制制度的拚死反抗和徹底否定；關漢卿正是借主人公之口，表達對元代黑暗社會的猛烈抨擊。

第二部分：婆媳訣別。竇娥被押赴刑場，執意要走後街不走前街，不為自己，卻顧念老邁親人。與婆婆刑場相逢時她百般寬慰，對婆婆則一無所求，心地多麼善良高尚。刑場哭別時，竇娥哀怨低回的身世之歎與第一部分高亢激昂的鬥爭精神形成鮮明的對比，展示了她內心世界的另一面，催人淚下，感人至深。【快活三】【鮑老兒】兩支曲，音調突轉，變為哀婉悲悼，纏綿情深。連用幾個“念”字，列成排句，回環往復，涕淚漣漣，哭訴的語調倍增，曲詞語言明白如話，極富悲劇的感染力量。兩支曲採用口語俗句，淋漓盡致地表達了婆媳間生離死別之情。求婆婆“遇時節將碗涼漿奠”“屍骸上烈些紙錢”；勸婆婆“再也不要啼啼哭哭，煩煩惱惱，怨氣衝天”，場面感人至深。

第三部分：三樁誓願，竇娥冤大屈深，堅信她的死定會“感天動地”。於是臨刑時斬釘截鐵發下三樁誓願。三樁誓願，從時間延續而言，一樁比一樁更久長；從空間範圍來看，一樁比一樁更擴大。

第一樁，血飛白練，表明自身清白，“委實的冤情不淺”。誣陷致死，死得冤枉無辜：她“不要半星熱血紅塵灑，都只在八尺旗槍素練懸”，要讓天下百姓“四下裏皆瞧見”，她死得像萇弘化碧那樣冤屈，像望帝啼鵑那樣悽慘。

第二樁，六月落雪，指責官府昏聵貪贓，製造冤獄：“若果有一腔怨氣噴如火，定要感得六出冰花滾似綿”，置三伏天道，降雪三尺，遮掩純潔的軀體。表明官府蓄意製造冤案，就連蒼天都要逆轉常規，顯威震怒。

第三樁，三年亢旱，對殘暴制度表示抗議，給以懲罰：“不知皇天也肯從人願，做什麼三年不見甘霖降”“這都是官吏每無心正法，使百姓有口難言”。以大自然不可抗拒的災難，直接向黑暗世界進行挑戰。

5. 現實與浪漫主義手法相結合

現實社會中竇娥的理想根本不能實現，而在劇本中、在舞台上，劇作家運用浪漫主義手法讓它變得合情合理，並具有譴責整個封建時代的深廣意義。

現實主義：

- 對黑暗現實社會的揭露
- 對人們苦難狀況的真實展示
- 對人物悲慘命運的呈現

浪漫主義：

- 對百姓的理想與願望予以藝術回應——浪漫手法，大團圓結尾

6. 曲詞本色當行，通俗自然

《竇娥冤》中關漢卿的戲曲語言盡顯“本色”，通俗自然，明白如話，大量使用方言、俗語、諺語、成語，符合劇中人物的身份和個性，曲白相生，為展開劇情和刻畫人物性格服務。竇娥的唱詞直抒胸臆，高亢激昂，酣暢淋漓地表達了主人公的滿腔怨恨，充分體現了古代戲曲曲詞富於抒情性的特點。

課堂活動

1. 根據劇情，請給竇娥寫一個人物小傳。

2. 閱讀下面的一段選文，說說作者認為關漢卿是一個什麼樣的人。

　　關漢卿沒有在元朝做過大官，他混跡在市井與作場勾欄之間，偶倡優而不辭，與受作踐的下層人民有著深切的聯繫。由於他身受和目擊到人民群眾的痛苦，他不能"袖手旁觀那些被雨淋泥濺的人"而"緘口不言"，於是他就干犯"被裂為齏粉"的危險，用戲曲作為武器，和猛獸集團進行了勇敢的鬥爭。王國維用"一空依傍，自鑄偉詞"這兩句話形容關漢卿，我覺得是恰當的。他所說的"一空依傍"，也許還可以從兩個方面來解釋，一是政治上、社會上無所倚傍；二是在創作上他突破了古典文學的規範，用人民群眾的口頭語言，給中國文學吹進了清新的空氣。"自鑄偉詞"這句話，出自劉勰《文心雕龍》中的《辨騷》，可見王國維是以關漢卿和屈原並舉的。《辨騷》中所說的"朗麗以哀志"，"綺靡以傷情"，"故能氣往轢古，辭來切今，驚彩絕艷，難與並能"，我覺得關漢卿也是可以當之無愧的。

（選自夏衍《關漢卿不朽》）

3. 生、旦、淨、末、丑各代表什麼角色？舉劇中人物為例說明。

4. 王國維説，《竇娥冤》“即列之於世界大悲劇中亦無愧色也”。(《宋元戲曲考》)

從課文中哪些方面可以看出《竇娥冤》是一部成功的悲劇作品？舉例説明你的觀點。

5. 竇娥的一系列唱曲，如何突出呈現了她的形象特點？你認為她是一個什麼樣的人？用你自己的話概括一下。

6. 《竇娥冤》第三折情節結構有何特點？

7. 《竇娥冤》第三折採用了哪些語言修辭手法？起到了怎樣的藝術效果？

(1)“遊魂先赴森羅殿”採用了什麼修辭手法？

(2)引用“盜跖、顏淵”的典故有何作用？

(3)【端正好】中竇娥主要訴説了什麼？表現了她怎樣的思想感情？這支曲子裏“沒來由”“不提防”“動地驚天”三個詞有什麼樣的表達效果？

(4)【滾繡球】中有一句話揭露了社會的嚴重不公，是哪一句？這支曲子表達了怎樣的思想感情？

8. 竇娥為何哀求走後街？這一情節表現了她什麼樣的精神品質？對揭示主題有何作用？

9. 分角色朗讀並扮演，一男生扮監斬官，一女生扮竇娥，一女生讀三樁誓願。其他同學觀賞並思考：三樁誓願是如何從時間、空間、地點及監斬官的態度來寫的；分析三樁誓願之間有何內在聯繫，在全劇中地位如何。

10. 延伸討論：你認為《竇娥冤》可以和以下哪些全球性話題相關？為什麼？

文化、認同和社區	信念、價值觀和教育
政治、權力和公平正義	藝術、創造力和想象力

第三課 瞭解中國話劇

3.1 知曉話劇植入的影響

3.2 賞析經典的話劇作品

3.3 理解中國話劇民族化

3.4 掌握劇本的文體特點

3.1 知曉話劇植入的影響

參考資源

本課參考資源可掃二維碼或登錄網站查看：jpchinese.org/ibmypa3

探究驅動

根據你對戲曲與話劇的瞭解，説説兩者各自的特點，填寫下面的表格。

比較點	話劇	戲曲
表演形式		
舞台設置		
演員裝扮		
語言運用		

相關知識

回顧戲劇的一般知識：戲劇是對綜合性舞台藝術的一個總稱。戲劇的綜合性在於它需要將語言、文學、美術、舞蹈、音樂、表演等多種藝術形式結合在一起，通過演員的表演將特定的故事情節，以對話、歌唱或動作等方式表演出來，這樣才能構成完美的舞台表演藝術。戲劇的成功離不開眾多要素的作用：演員、舞台、道具、燈光、音效、服裝、化妝，以及劇本、導演、觀眾等，其中四個關鍵要素為：演員、故事（情境）、舞台（表演場地）和觀眾。

講解

話劇，顧名思義，就是以對話和動作為主要的表演手段講述故事的戲劇。話劇是在十九世紀末二十世紀初從西方植入到中國的，當時被人們稱作新劇、文明戲。為了將這種外來的戲劇樣式與傳統戲曲相區別，人們便將這種以對話為主要手段的舞台劇稱為話劇。

和所有的戲劇一樣，話劇是一門綜合藝術，將文學（劇本創作）、表演、導演、美術、音樂、舞蹈、舞美、燈光、服裝等各種藝術元素綜合在了一起。

和中國傳統的戲曲相比，話劇的特性主要表現在：

1. 舞台設計的真實性：話劇的舞台設計、佈景和道具都講求等同於生活真實，一桌一椅都要採用和劇情緊密結合的實物，講究讓觀眾體驗身臨其境的真實感。這就是話劇的寫實性。

2. 演員表演的直觀性：話劇演員的表演要像模擬一段真實的生活一樣逼真，一舉一動都帶給觀眾面對面、無距離的真實體驗。演員的姿態言行要為觀眾直接呈現出劇中人物的表情神態，以及人物內心的驚恐喜悦的情緒變化。

3. 敘事講述的對話性：話劇主要通過劇中人的對話、獨白展現劇情，塑造劇中的人物形象。以對話演故事是話劇區別於其他劇種的特點與標誌。

課文

一部具有魔力的話劇作品

——在一次讀書會上的演講

各位同學：

早上好！感謝大家參加今天的讀書會當我的聽眾。我只不過是一名初中畢業生，能夠被請來和你們分享閱讀心得，我感到十分榮幸。今天準備與大家分享的作品是我最近閱讀的一部話劇劇本，它就是十九世紀挪威劇作家易卜生的現代戲劇——《玩偶之家》。

一百多年前，一部西方話劇被介紹到中國，登上了中國的舞台。劇本一經發表就引起關注和轟動，演出盛況空前，備受好評。今天的人們可能無法想象，為什麼一部話劇有如此的魔力，能在當時引起如此巨大的社會反響？下面我就談談我的看法。

首先，《玩偶之家》的內容與主題順應了中國社會變革的時代潮流，呼應了當時社會普遍要求反對封建父權制度的需要，宣揚個性解放，鼓勵婦女解放。《玩偶之家》是根據真實的女性故事而寫成的一部關注婦女問題的劇作。西方女性主義運動的第一次高潮發生在十九世紀下半葉到二十世紀初期，那時，英美等國的婦女爭取投票權與公民權的社會運動蓬勃開展。易卜生的《玩偶之家》在此運動高潮之前創作，反映了啟蒙運動下的女性覺醒。作品通過家庭內部人物之間的矛盾，展示了在父權體制下的家庭生活中，女性作為丈夫的“玩偶”，沒有地位和權利令人悲哀的情景。女主人公娜拉的經歷讓有著同樣甚至更加悲慘遭遇的中國青年感同身受，娜拉的覺醒與出走更給中國青年帶來強烈的震撼。於是，這部話劇所觸及的社會及家庭問題在當時掀起了討論的熱潮，在廣大青年尤其是女青年中引發了廣泛爭論。人們以戲劇關照人生，對當時的社會現實進行了深刻的思考。

其次，西方話劇的藝術形式與《玩偶之家》的成就揭開了中國話劇的新篇章。易卜生一生創作出了二十六部戲劇，被譽為“二十世紀以來的現代戲劇的始創者”。《玩偶之家》在歐洲乃至世界文學史上都佔據著特殊的地位，奠定了易卜生作為“現代戲劇之父”的基石。這部最早讓中國熟悉的西方現代劇本，以其與中國傳統戲曲不一樣的風貌吸引了中國藝術家的目光，並由此催生了中國的戲劇。很多劇作家模仿《玩偶之家》創作中國的“社會問題劇”，如胡適的《終身大事》就創作出了中國戲劇史上第一個娜拉式的女性人物。歐陽予倩、田漢、郭沫若以至後來的曹禺等，都無不受到這部作品的影響。

《玩偶之家》也對中國文學作品產生著深遠的影響。大家都熟悉魯迅的小說《傷逝》吧？這篇作品就是 1925 年魯迅在探討《玩偶之家》議題的基礎上創作的。小說的女主角“子君”說出了驚天動地的一句話——“我是我自己的，他們誰也沒有干涉我的權利”，成為中國的“娜拉”。

說到這裏你也許會發現，《玩偶之家》中所表現出來的女權主義思想對中國文藝的影響延續至今。話劇《雷雨》、電視劇《我的前半生》等都可以看到女性尋求精神解放的身影，她們不是“玩偶”，是可以走出家庭的獨立女性。

我和你們一樣，都是正在修讀 IB 中文課程的中學生。IB 課程中有一項核心內容是探討全球性問題。它要求學生立足課堂，在閱讀和學習文學文本的同時，能敏銳地觀察發現並深入思考其中蘊含的全球性話題。在我看來，《玩偶之家》所涉及到的女性解放的內容就是一個值得關注的全球性問題。眾所周知，由於歷史和文化的限制，女性在社會與家庭中處於和男性不平等的地位。隨著社會的發展，女性的地位有所提高，但是，男女兩性在婚姻關係中的不平等現象依然在世界範圍內普遍存在。在婚姻關係中男女不能平起平坐，女性或者被當成男性的玩物，或者被當作貨物，在精神上或肉體上飽受傷害。這個全球性問題跨越了不同的時空和文化環境，具有深遠的歷史根源，值得我們持續關注。

今天我向大家推薦《玩偶之家》。經典的作品是有藝術魅力的，是不會過時的。希望大家能認真閱讀，從中學習戲劇劇本的相關知識，欣賞劇本如何發揮揭露問題、喚起民眾的藝術力量，理解作品在關注人的價值與命運、促進社會的健康發展方面所起到的影響作用。

再次感謝大家聽我說這些話，更希望大家和我分享你們的閱讀心得。

謝謝！

講解

話劇進入中國順應了中國社會從傳統到現代的歷史轉型，符合救亡圖存的時代要求，承擔起了開啟民智的使命。和傳統戲曲對形式美的倚重大不相同，新興的話劇強調以藝術的方式反映真實，思考人生，發揮改造現實的作用。王鍾聲在 1907 年提出"中國要富強，必須革命；革命要靠宣傳，宣傳的辦法，一是辦報，二是改良戲劇。"話劇演出，被當作有效的手段以"喚起沉沉之睡獅"。

相關知識

話劇在中國

話劇於 1906 年至 1907 年引入中國。中國第一個話劇劇本是 1907 年由中國留學日本東京的曾孝谷據美國小說改編的《黑奴籲天錄》。當時的人們稱之為新劇、文明戲。1919 年，"五四"新文化運動的重要人物胡適、陳獨秀、傅斯年等人對新劇啟發民眾覺悟的力量給予特別的關注。1922 年，洪深為首推行男女合演制。1925 年，北京藝術專門學校戲劇系成立，上演了反帝反封建劇目。1928 年，洪深將英文 Drama 創意性地譯為"話劇"。1929 年，上海藝術劇社成立。1931 年 1 月，中國左翼戲劇家聯盟成立，產生大量進步話劇。抗日戰爭爆發後，話劇得到普及和發展。1938 年至 1941 年，話劇宣傳演出遍及全國城鎮鄉村。1941 年至 1945 年，文藝團體眾多，抗日根據地成立了魯迅藝術學院戲劇系、延安青年藝術劇院、西北戰地服務團和大量的文工團等，演出話劇無數，如《屈原》（郭沫若）、《北京人》（曹禺）、《法西斯細菌》（夏衍）等。

1949年7月，中國戲劇工作者協會成立，話劇事業得到發展壯大。《龍鬚溝》《茶館》（老舍）、《蔡文姬》（郭沫若）、《關漢卿》（田漢）、《萬水千山》（陳其通）、《馬蘭花》（任德耀）等優秀劇目大量湧現；焦菊隱導演的《蔡文姬》《茶館》顯示了話劇的民族化追求，黃佐臨導演的《大膽媽媽和她的孩子們》介紹了布萊希特的演劇思想，擴展了話劇藝術領域。1986年後，莎士比亞戲劇節、奧尼爾戲劇節成功舉辦。北京人藝的《茶館》多次在歐洲、美國、日本、中國香港演出，中央戲劇學院的《俄狄浦斯王》出訪希臘，均獲得很大成功。現代著名話劇家有郭沫若、曹禺、洪深、田漢、老舍等。

課堂活動

1. 戲劇的分類有很多種，請根據你的理解填寫下面的內容。

（1）按表演形式分類，可分為話劇、歌劇、舞劇、詩劇等。

（2）按時代分類：可分為＿＿＿＿＿＿、＿＿＿＿＿＿。

（3）按結構分類：可分為＿＿＿＿＿＿、＿＿＿＿＿＿。

（4）按矛盾衝突性質分類：可分為＿＿＿＿＿＿、＿＿＿＿＿＿、＿＿＿＿＿＿。

（5）按演出媒體不同：可分為舞台劇、廣播劇、電影、電視劇等。

2. 以小組為單位，查找資料探究下面的問題。

（1）中國話劇大體經歷了幾個重要的發展階段？

（2）各階段有哪些代表作家與作品？

（3）課文的作者是什麼人？作者為什麼要向聽眾推薦一部西方話劇？

小提示

戲劇的種類是多樣的。根據其表演形式可以分為話劇、歌劇、舞劇、音樂劇、木偶戲、啞劇等。若根據產生地域或文化背景又可以分為西方戲劇、中國戲曲、印度梵劇、日本能樂、歌舞伎等。根據其演出媒體與傳播途徑又可以分為舞台劇、電視劇、電影等。按矛盾衝突性質分類，可分為悲劇、喜劇、正劇；按劇情繁簡和結構分類，可分為多幕劇、獨幕劇；按題材分類，可分為神話劇、歷史劇、傳奇劇、市民劇、社會劇、家庭劇、科學幻想劇等；按時代分類，可分為歷史劇、現代劇。

(4) 你如何理解“這部話劇所觸及的社會及家庭問題在當時掀起了討論的熱潮，在廣大青年尤其是女青年中引發了廣泛爭論。”？請查閱資料，瞭解相關情況，並在班級分享。

(5) 作者為什麼說“西方話劇的的藝術形式與《玩偶之家》的成就揭開了中國話劇的新篇章。”？請舉例說明。

(6)《玩偶之家》作為第一部登上中國舞台的話劇，對中國的現代文學藝術發展產生了怎樣的影響？你對它有怎樣的評價？

(7) 小組研究討論與辯論，選擇下面的一題做出回答。

① 作者認為，“《玩偶之家》所涉及到的女性解放的內容就是一個值得關注的全球性問題。”你覺得有道理嗎？請根據你的理解舉例加以闡述。

② 有人說，“《玩偶之家》是女性主義思想的啟蒙時期的作品，因此《玩偶之家》的創作可以說是深受當時社會背景的影響，其故事結局也可以為後來的女性所

尋求的精神解放埋下伏筆。”你同意這種說法嗎？為什麼？請查看資料，瞭解《玩偶之家》的創作背景，寫出自己的回答。

(8) 你認為從《玩偶之家》這部戲被創作至今，人們對女性在婚姻中角色與地位的看法發生了什麼變化？這種變化還會繼續下去嗎？為什麼？

3.2 賞析經典的話劇作品

探究驅動

參考資源

本課參考資源可掃二維碼或登錄網站查看：jpchinese.org/ibmypa3

1. 觀看話劇（影視）《玩偶之家》全劇，用自己的語言概括《玩偶之家》的劇情，並以 PPT 的形式在班級分享。

2. 體驗與思考

看完話劇《玩偶之家》，你認為這部話劇和中國的戲曲有哪些不同之處？和大家分享。

講解

現代社會問題劇

易卜生是北歐批判寫實主義的代表。作為戲劇家，他敏銳地捕捉到社會的發展和變革對個人和社會群體所造成的影響，並用戲劇進行了描繪和展示。他一生創作了二十六部劇本，其中以揭示社會和家庭矛盾的“社會問題劇”著稱。《玩偶之家》就是一個代表作。

“社會問題劇”（the problem play）興起於十九世紀中期歐洲民族民主運動高峰時期。這類戲劇通過人物在舞台上的表演，爭論現實中的各類社會問題，包括法律、教育、道德、宗教、婚姻家庭等，對醜惡與不合理的社會現象進行剖析或批判。《玩偶之家》提出了女性生存困境的社會問題。劇中引進“討論”的形式就社會問題與觀眾進行交流，因而引起了中西方觀眾的共鳴。蕭伯納評價易卜生說：“他在戲劇中所引進討論的技巧正是新舊戲劇的分水嶺。”

《玩偶之家》被稱作“婦女解放運動的宣言書”，挑戰了婚姻關係中男女的不平等，也鼓勵女性自我覺醒。從女性文學理論的角度解讀文本，可以清楚地看到此作品對資本主義制度下婚姻關係中男權中心思想的控訴，以及對女性為了找回失去的獨立和尊嚴所進行的努力的肯定。

十九世紀的英國維多利亞時代，女王當政卻女權低落。女性婚前是父親的財產，婚後則是丈夫的財產。尤其是中產階級的女性，成為家裏好看的裝飾品。《玩偶之家》便在這樣的背景中創作出來。

女主角娜拉是海爾茂豢養的寵物，“我的小鳥兒”“小松鼠兒”，每天要打扮得宜、唱歌跳舞以博丈夫歡心。婚前，她是一個乖巧的女兒，無條件聽從父親的安排；婚後，她是一個溫順的妻子，為救丈夫性命不惜偽造簽字貸款。這樣一個單純善良、溫柔順從的娜拉，在經歷沉重打擊後，意識到在婚姻制度裏，自己不過是“玩偶”“傀儡”，最終拋夫棄子，離家出走，走上了追尋平等對待和獨立人格的道路。

作家名片

易卜生（1828—1906）現代戲劇之父

易卜生，十九世紀挪威劇作家，被譽為“二十世紀以來的‘現代戲劇’的始創者”，對戲劇發展有重大影響。其劇作《玩偶之家》在歐洲乃至世界文學史上佔據著特殊的地位，奠定了易卜生作為“現代戲劇之父”的基石。

課文

玩偶之家·第三幕（節選）

易卜生

還是那間屋子。桌子楞在坐中，四面圍著椅子。桌上點著燈。通門廳的門敞著。樓上有跳舞音樂的聲音。

……

娜拉：要想瞭解我自己和我的環境，我得一個人過日子，所以我不能再跟你待下去。

海爾茂：娜拉！娜拉！

娜拉：我馬上就走。克立斯替納一定會留我過夜。

海爾茂：你瘋了！我不讓你走！你不許走！

娜拉：你不許我走也沒用。我只帶自己的東西。你的東西我一件都不要，現在不要，以後也不要。

海爾茂：你怎麼瘋到這步田地！

娜拉：明天我要回家去——回到從前的老家去。在那兒找點事情做也許不大難。

海爾茂：喔，像你這麼沒經驗——

娜拉：我會努力去吸取。

海爾茂：丟了你的家，丟了你丈夫，丟了你兒女！不怕人家說什麼話！

娜拉：人家說什麼不在我心上。我只知道我應該這麼做。

海爾茂：這話真荒唐！你就這麼把你最神聖的責任扔下不管了？

娜拉：你說什麼是我最神聖的責任？

海爾茂：那還用我說？你最神聖的責任是你對丈夫和兒女的責任。

娜拉：我還有別的同樣神聖的責任。

海爾茂：沒有的事！你說的是什麼責任？

娜拉：我說的是我對自己的責任。

海爾茂：別的不用說，首先你是一個老婆，一個母親。

娜拉：這些話現在我都不信了。現在我只信，首先我是一個人，跟你一樣的一個人——至少我要學做一個人；托伐，我知道大多數人贊成你的話，並且書本裏也是這麼說。可是從今以後我不能一味相信大多數人說的話，也不能一味相信書本裏說的話。什麼事情我都要用自己腦子想一想，把事情的道理弄明白。

海爾茂：難道你不明白你在自己家庭的地位？難道在這些問題上沒有顛撲不破的道理指導你？難道你不信仰宗教？

娜拉：托伐，不瞞你說，我真不知道宗教是什麼。

海爾茂：你這話怎麼講？

娜拉：除了行堅信禮的時候牧師對我說的那套話，我什麼都不知道。牧師告訴過我，宗教是這個，宗教是那個。等我離開這兒一個人過日子的時候我也要把宗教問題仔細想一想。我要仔細想一想牧師告訴我的話究竟對不對，對我合用不合用。

海爾茂：喔，從來沒聽說過這種話！並且還是從這麼個年輕女人嘴裏說出來的！要是宗教不能帶你走正路，讓我喚醒你的良心來幫助你——你大概還有點道德觀念吧？要是沒有，你就乾脆說沒有。

娜拉：托伐，這小問題不容易回答。我實在不明白。這些事情我摸不清。我只知道我的想法跟你的想法完全不一樣。我也聽說，國家的法律跟我心裏想的不一祥，可是我不信那些法律是正確的。父親病得快死了，法律不許女兒給他省煩惱，丈夫病得快死了，法律不許老婆想法子救他的性命！我不信世界上有這種不講理的法律。

海爾茂：你說這些話像個小孩子。你不瞭解咱們的社會。

娜拉：我真不瞭解。現在我要去學習。我一定要弄清楚，究竟是社會正確，還是我正確。

海爾茂：娜拉，你病了，你在發燒說胡話。我看你像精神錯亂了。

娜拉：我的腦子從來沒像今天晚上這麼清醒、這麼有把握。

海爾茂：你清醒得、有把握得要丟掉丈夫和兒女？

娜拉：一點不錯。

海爾茂：這麼說，只有一句話講得通。

娜拉：什麼話？

海爾茂：那就是你不愛我了。

娜拉：不錯，我不愛你了。

海爾茂：娜拉！你忍心說這話！

娜拉：托伐，我說這話心裏也難受，因為你一向待我很不錯。可是我不能不說這句話。現在我不愛你了。

海爾茂：（勉強管住自己）這也是你清醒的有把握的話？

娜拉：一點不錯。所以我不能再在這兒待下去。

海爾茂：你能不能說明白我究竟做了什麼事使你不愛我？

娜拉：能，就因為今天晚上奇跡沒出現，我才知道你不是我理想中的那等人。

海爾茂：這話我不懂，你再說清楚點。

娜拉：我耐著性子整整等了八年，我當然知道奇跡不會天天有，後來大禍臨頭的時候，我曾經滿懷信心地跟自己說："奇跡來了！"柯洛克斯泰把信扔在信箱裏以後，我決沒想到你會接受他的條件。我滿心以為你一定會對他說："儘管宣佈吧"，而且你說了這句話之後，還一定會——

海爾茂：一定會怎麼樣？叫我自己的老婆出醜丟臉，讓人家笑罵？

娜拉：我滿心以為你說了那句話之後，還一定會挺身出來，把全部責任擔在自己肩膀上，對大家說，"事情都是我幹的。"

海爾茂：娜拉——

娜拉：你以為我會讓你替我擔當罪名嗎？不，當然不會。可是我的話怎麼比得上你的話那麼容易叫人家信？這正是我盼望它發生又怕它發生的奇跡。為了不讓奇跡發生，我已經準備自殺。

海爾茂：娜拉，我願意為你日夜工作，我願意為你受窮受苦。可是男人不能為他愛的女人犧牲自己的名譽。

娜拉：千千萬萬的女人都為男人犧牲過名譽。

海爾茂：喔，你心裏想的嘴裏說的都像個傻孩子。

娜拉：也許是吧。可是你想和說的也不像我可以跟他過日子的男人。後來危險過去了——你不是怕我有危險，是怕你自己有危險——不用害怕了，你又裝作沒事人兒了。你又叫我跟從前一樣乖乖地做你的小鳥兒，做你的泥娃娃，說什麼以後要格外小心保護我，因為我那麼脆弱不中用。（站起來）托伐，就在那當口我好像忽然從夢中醒過來，我簡直跟一個生人同居了八年，給他生了三個孩子。喔，想起來真難受！我恨透了自己沒出息！

海爾茂：（傷心）我明白了，我明白了，在咱們中間出現了一道深溝。可是，娜拉，難道咱們不能把它填平嗎？

娜拉：照我現在這樣子，我不能跟你做夫妻。

海爾茂：我有勇氣重新再做人。

娜拉：在你的泥娃娃離開你之後——也許有。

海爾茂：要我跟你分手！不，娜拉，不行！這是不能設想的事情。

娜拉：（走進右邊屋子）要是你不能設想，咱們更應該分開。（拿著外套、帽子和旅行小提包又走出來，把東西擱在桌子旁邊椅子上）

海爾茂：娜拉，娜拉，現在別走。明天再走。

娜拉：（穿外套）我不能在生人家裏過夜。

海爾茂：難道咱們不能像哥哥妹妹那麼過日子？

娜拉：（戴帽子）你知道那種日子長不了。（圍披肩）托伐，再見。我不去看孩子了。我知道現在照管他們的人比我強得多。照我現在這樣子，我對他們一點兒用處都沒有。

海爾茂：可是，娜拉，將來總有一天——

娜拉：那就難說了。我不知道我以後會怎麼樣。

海爾茂：無論怎麼樣。你還是我的老婆。

娜拉：托伐，我告訴你。我聽人說，要是一個女人像我這樣從她丈夫家裏走出去，按法律說，她就解除了丈夫對她的一切義務。不管法律是不是這樣，我現在把你對我的義務全部解除。你不受我拘束，我也不受你拘束。雙方都有絕對的自由。拿去，這是你的戒指。把我的也還我。

海爾茂：連戒指也要還？

娜拉：要還。

海爾茂：拿去。

娜拉：好。現在事情完了。我把鑰匙都擱這兒。家裏的事傭人都知道——她們比我更熟悉。明天我動身之後，克立斯替納會來給我收拾我從家裏帶來的東西。我會叫她把東西寄給我。

海爾茂：完了！完了！娜拉，你永遠不會再想我了吧？

娜拉：喔，我會時常想到你，想到孩子們，想到這個家。

海爾茂：我可以給你寫信嗎？

娜拉：不，千萬別寫信。

海爾茂：可是我總得給你寄點兒——

娜拉：什麼都不用寄。

海爾茂：你手頭不方便的時候我得幫點兒忙。

娜拉：不必，我不接受生人的幫助。

海爾茂：娜拉，難道我永遠只是個生人？

娜拉：（拿起手提包）托伐，那就要等奇跡中的奇跡發生了。

海爾茂：什麼叫奇跡中的奇跡？

娜拉：那就是說，咱們倆都得改變到——喔，托伐，我現在不信世界上有奇跡了。

海爾茂：可是我信。你說下去！咱們倆都得改變到什麼樣子——

娜拉：改變到咱們在一塊兒過日子真正像夫妻。再見。（她從門廳走出去）

海爾茂：（倒在靠門的一張椅子裏，雙手蒙著臉）娜拉！娜拉！（四面望望，站起身來）屋子空了。她走了。（心裏閃出一個新希望）啊！奇跡中的奇跡——

樓下砰的一響傳來關大門的聲音。

講解

《玩偶之家》的特色

1. 嚴格遵守三一律

“三一律”是西方話劇的專有名詞。三一，指的是“一個事件、一個整天、一個地點”的“三整一律”。“三一律”由文藝復興時期意大利戲劇理論家提出，後由法國新古典主義戲劇家確定和推行，要求戲劇創作在時間、地點和情節三者之間保持一致性。“三一律”作為戲劇結構的一種形式，可以使劇本結構更趨集中嚴謹。

《玩偶之家》是嚴格遵守“三一律”的話劇典範。在時空統一上把握恰當，嚴格遵循“三一律”的架構，衝突集中，一個主題；場景一致，一個地點；劇情集中在聖誕節的前後三天；全劇人物刻畫鮮明生動，戲劇情節嚴謹，結構更完整，具有豐富強烈的戲劇張力。

2. 結構完整衝突集中

結構完整，巧妙運用了“追溯法”：把劇情安排在矛盾發展的高潮，然後運用回溯手法，把前情逐步交代出來，使得矛盾的發展既合情合理，又有條不紊。運用了懸念與伏筆，使矛盾更加集中，更有張力。主要矛盾是圍繞“假冒簽名”所引起的娜拉和海爾茂之間的矛盾，次要矛盾有娜拉與柯、林與柯、海與柯之間的矛盾。

3. 對比刻畫人物突出

《玩偶之家》出場人物不多，除保姆、傭人和孩子外，只有五個人物，但每一個人都起著推動情節發展、突出主題的作用。

作者把劇情安排在聖誕節前後三天之內，借以突出渲染節日的歡樂氣氛和家庭悲劇之間的對比。作者以柯因被海辭退，利用借據來要挾娜拉為他保住職位這件事為主線，引出各種矛盾的交錯展開，同時讓女主人公娜拉在這短短三天之中經歷了一場激烈而複雜的內心鬥爭，從平靜到混亂，從幻想到破滅，最後完成自我覺醒，取得了極為強烈的戲劇效果。

男女主角的語言、行為、性格形成對比，女主角前後的心理形成對比，男女主角的真愛與虛偽形成對比。和娜拉相比，海爾茂是一個自私和虛偽的資產者的形象。表面上看，他是一個“正人君子”“模範丈夫”，很愛他的妻子。實際上，他是一個被資產階級社會的利害關係所完全異化的人物。

4. 語言日常生活化

《玩偶之家》以日常生活的語言來配合角色的口吻。個性化的台詞，突顯了人物的心理，展示出戲劇衝突的原因和層次；劇中的對話也非常出色，既符合人物性格和劇情發展的要求，又富於說理性，有助於揭示主題，促使讀者或觀眾對作者提出的社會問題產生強烈的印象，對後來現實主義戲劇的發展產生了很大的影響。

課堂活動

1. 角色扮演，全情投入朗讀課文，體會人物的情感。

2. 體驗與思考

（1）兩人一組，假設你和同學是一對十九世紀生活在挪威的夫妻，你們一起觀看了《玩偶之家》，請各自表達自己的感受。

（2）其他同學觀看表演，並進行評論：他們的反應是恰當的嗎？為什麼？

（3）請設想你是一位生活在現在的中國女性，看了這部劇你有什麼感受？為什麼？

3. 細讀課文，回答下面的問題。

（1）課文中有哪些人物？他們之間有著怎樣的關係？

（2）你覺得女主角是一個怎樣的人？為什麼？

（3）你覺得男主角是一個怎樣的人？為什麼？

4. 兩人一組，根據劇本的內容，用文字給劇中的兩個人物畫像。

人物的姓名、身份	與其他人物的關係	典型的言語行為	性格特點	代表哪一類型的人	你喜歡嗎？為什麼？

5. 理解分析

課文中男女主人公為了什麼事情發生矛盾衝突？你覺得這種衝突是必然的嗎？為什麼？這樣的衝突和戲劇的主題有什麼關聯？

6. 語義分析

（1）課文中，丈夫多次重複說自己的妻子娜拉“瘋了”，還說“你病了，你在發燒說胡話。我看你像精神錯亂了”。

說說看，他為什麼要這樣說？這裏的“瘋了”“病了”有沒有特殊的寓意？

（2）人物口中多次出現“奇跡”“奇跡中的奇跡”。這裏的“奇跡”是什麼意思？

7. 閱讀思考

（1）閱讀劇本第一幕，討論下面的問題。

① 你如何看待海爾茂對娜拉“溫柔體貼”？

② 為什麼娜拉對於自己的“玩偶”地位長期感受不到屈辱，反而覺得幸福？

（2）閱讀劇本第二幕，討論下面的問題。

海爾茂和娜拉對對方的愛是對等的嗎？為什麼？

8. 劇中的女主角娜拉為什麼要離家出走？説説看娜拉是在什麼情況下決定離家出走的？她是一時衝動嗎？你覺得她能不能不走？為什麼？

9. 你認同下面的陳述嗎？請説明理由。

（1）《玩偶之家》因其女性思想而聞名中外，“女性主義”也因《玩偶之家》這部劇作被更多的人熟知。

（2）《玩偶之家》不論對西方還是對中國的文學創作都產生了深遠的影響。

（3）主人公“娜拉”作為女性解放的象徵，影響了無數女性走上了反對男權、爭取獨立的道路。

10. 全班同學圍坐在地上輪流表演朗讀下面的幾句，相互聆聽，然後討論下面的問題。

娜拉：你認為我最神聖的責任是什麼？

海爾茂：要我來告訴你嗎？難道不就是你要對丈夫和孩子負的責任嗎？

娜拉：我還有其他同樣神聖的責任。

海爾茂：你沒有，你還會有其他的責任嗎？

娜拉：對我自己負責。

（1）朗讀者的聲音、語調，以及表情和動作如何影響到所表達的意思和聽眾的理解？為什麼？

（2）這幾行的準確意思是什麼？這幾句話突出了人物什麼樣的性格特點？為什麼？

11. 說說寫寫

（1）分析本劇結尾的“一聲門響”所蘊含的意義。這個“門”是一般的門嗎？這個關門的聲音讓觀眾感受到什麼？

（2）為什麼說《玩偶之家》是一部反映女性生存困境的社會問題劇？女主人處在什麼樣的困境之中？

3.3 理解中國話劇民族化

探究驅動

觀看話劇《關漢卿》，回答下面的問題。

1. 話劇《關漢卿》和《玩偶之家》相比有什麼不同？
2. 你認為不同主要體現在哪些方面？舉例說明。

參考資源

本課參考資源可掃二維碼或登錄網站查看：jpchinese.org/ibmypa3

講解

話劇的民族化

在吸收西方話劇的創作思想、敘事模式、表現形式的同時，優秀的中國戲劇家一直在探索一條話劇民族化的道路，可圈可點者眾多：

“雖然舊戲中有些觀念不再適應時代的要求了，但是在舞台上，在精彩演出中，仍可發現有益和具有啟發性的因素，這些因素不僅對中國新劇有好處，而且對世界其他地區的現代戲劇也有好處。”（戲劇教育家張彭春）

“國劇運動”的倡導者認為中國的戲劇應當走寫實同寫意結合的路，創造出“完美的戲劇”，創造出既包含民族傳統又顯現時代精神，符合民眾欣賞習慣和審美心理的新戲劇。（余上沅）

“對從事話劇藝術的人來講，更有一個不可推卸的歷史責任，即如何實現話劇民族化的問題，我們要有中國的導演學派表演學派，使話劇更完美地表現我們民族的感情，民族的氣派”，“必須植根於本民族的土壤之中，不能丟掉我們千百年來所形成的欣賞習慣，趣味”。（焦菊隱）

他們不懈地研究和探索，不斷總結出在中西戲劇文化結合上的經驗，為中國話劇的民族化做出了貢獻。

話劇在中國有百年的發展史。中國話劇採用了傳統戲曲的外在表現手法，體現了對傳統戲曲精神的融通，在精神實質上體現了民族精神和美學神韻。中國話劇取材於中國的歷史、現實、生活，表現了具有民族文化特色的人文情懷、價值觀念、文化品格。它對西方現實主義戲劇進行了深層的滲透融合，從審美精神、創作方法、藝術技巧到語言等各個層面上，實現了民族獨創性的改造和轉化。話劇作品《蔡文姬》和《茶館》等，都被稱為我國自己的地道“中國話劇”。

劇作家田漢認為戲劇應該“不背於民眾的要求”，創作了具有民族特色的話劇《關漢卿》。此劇吸收了傳統戲曲的美學精神和表現方法，把話劇表演與戲曲歌唱融入劇中，成為了話劇民族化的代表作品。

作家名片

田漢（1898－1968）中國現代戲劇奠基人

田漢，字壽昌，湖南長沙人。劇作家、詩人，中華人民共和國國歌《義勇軍進行曲》的詞作者。中國現代戲劇的奠基人，話劇作品《關漢卿》和《文成公主》在思想上和藝術上都取得了巨大的成功，成為了話劇中國化、民族化的典範之作。

作品檔案

田漢的《關漢卿》是一部十二場的歷史劇。《關漢卿》是中國話劇史的第一部多幕劇，是民族話劇中的瑰寶。

1958 年世界和平大會把關漢卿定為世界文化名人，決定當年 6 月為他舉行創作活動 700 週年紀念會。身為劇協主席的田漢，創作了話劇《關漢卿》紀念他景仰的作家關漢卿。劇本發表在《劇本》1958 年第 5 期。1959 年由中國戲劇出版社出版單行本。收入《田漢文集》第七卷，成為作家建國後創作的最成功、最有影響的一部劇作。

關漢卿是元代著名戲劇家，大家已經在戲曲單元有所瞭解。田漢在掌握和尊重史實的基礎上，將關漢卿冒著生命危險創作《竇娥冤》雜劇的史實作為核心故事情節，進行了大膽的、充滿想象力的創作。關漢卿滿腔義憤，寫《竇娥冤》以伸張正義，卻被當局囚禁，凸顯了元代社會的黑暗與百姓疾苦。關漢卿不畏權貴、大義凜然、追求真理的藝術形象，概括了中國歷史上一切進步文人的鬥爭品格。

田漢在創作方法上把浪漫派的詩化美學傾向與現實主義的美學原則融合，創作了具有詩化現實主義的話劇作品，話劇《關漢卿》融入戲曲表演的元素，在“真實”中注入情感的真誠，熔鑄著民族藝術精神，具有典型的意義。全劇結構完整，語言通俗精煉，描寫細膩，被公認為田漢戲劇創作的高峰，堪稱中國話劇史上一座不朽的豐碑。

課文

蝶雙飛

——話劇《關漢卿》插曲歌詞

田漢

將碧血，寫忠烈，作厲鬼，除逆賊。

這血兒啊，化作黃河揚子浪千疊，長與英雄共魂魄；

強似寫佳人繡戶描花葉，學士錦袍趨殿闕，浪子朱窗弄風月；

雖留得綺詞麗句滿江湖，怎及得傲岸奇枝鬥霜雪。

念我漢卿呵讀詩書破萬卷，寫雜劇過半百，

這些年風雲改變山河色，朱簾捲處人愁絕。

都只為一曲《竇娥冤》，俺與她雙瀝萇虹血。

嗟勝那孤月自圓缺，孤燈自明滅。

坐時節共對半窗雲，行時節相應一身鐵。

各有這氣比長虹壯，哪有那淚似寒波咽。

俺與你發不同青心同熱，生不同床死同穴。

說什麼黃泉無店宿忠魂，爭道這青山有幸埋芳潔。

待來年遍地杜鵑紅，看風前漢卿四姐雙飛蝶，

相永好，不言別。

課文分析

戲劇衝突

話劇《關漢卿》以關漢卿最重要的作品《竇娥冤》的創作始末及其演出前後的遭遇為情節線索，突出了統治階級和被剝削被壓迫者之間的殊死鬥爭。戲劇的衝突是殘暴腐朽的元朝統治者與被凌辱被虐殺的貧民百姓之間的階級與民族的矛盾。這樣的激烈矛盾衝突促進了戲劇情節的發展，也由此塑造了一系列正面與反面的人物形象。劇作揭示控訴了元朝黑暗統治的罪惡，熱情歌頌了關漢卿偉大的人道主義精神，以及他

那不畏強暴、不怕犧牲，敢於反抗元朝黑暗統治，為被虐殺的平民百姓伸張正義的高貴品質。

藝術特色

1. 在劇中直接加入詩歌和音樂的成分，作為抒情的藝術手段。濃郁的抒情性是劇作的顯著特色。田漢擅長運用詩的語言來揭示人物的內心感受，刻畫人物的性格。為了更加酣暢地抒情，《關漢卿》第八場中，插入了一曲關寫朱唱的《蝶雙飛》。田漢的劇作熱情洋溢，抒情味很濃，這種以歌曲入話劇的手法，正是話劇民族化的特點。

2. 浪漫傳奇色彩是劇作的又一顯著特色。田漢是一位富有浪漫精神的劇作家，他在劇本創作過程中，賦予了劇情強烈的浪漫傳奇色彩。在劇本中，關漢卿是一個具有神奇色彩的人物，他兩次面臨死神逼近身處絕境，卻化險為夷大難不死；他和朱簾秀在獄中的愛情更具有浪漫傳奇色彩。

3. 劇作採取了"戲中戲"的結構。本劇以關漢卿創作、演出《竇娥冤》的過程為主線，來刻畫、塑造了關漢卿的形象。劇中穿插了《竇娥冤》的創作演出過程，《竇娥冤》的演出成為了話劇的戲中戲。戲中戲的運用是話劇《關漢卿》情節結構的突出特點。戲中戲的構思精巧奇妙，情節曲折豐富，產生了極好的藝術效果。

關於插曲《蝶雙飛》

《蝶雙飛》是田漢劇作《關漢卿》中第八場裏的一段唱段，是全劇的畫龍點睛之筆。關漢卿與朱簾秀因為堅持上演《竇娥冤》被關進牢獄，在獄中面對死亡，兩人視死如歸，互訴衷腸。歌曲有以下作用與效果：

1. 突出人物形象的塑造

一曲《蝶雙飛》膾炙人口，突出了兩個主要人物的形象。兩個人本是一起創作演出的合作夥伴，是共同面對強大的敵人與死亡的戰友，劇本將兩人的關係昇華為生死不渝的愛情，突出了人物的性格，增強了全劇的戲劇性，抒發了浪漫主義的激情，將全劇抒情氛圍推向高潮。

劇中的主角關漢卿具有象徵意義。關漢卿象徵著知識分子執著堅持的理想人格。為了襯托關漢卿的理想形象，田漢設置了反面人物形象進行對比。如讓葉和甫扮演一個勸降的角色，把他追求聲名富貴的處世哲學和態度與關漢卿為民伸冤的正義與理想相對比，構成了鮮明的衝突。在獄中勸降時，關漢卿給了葉和甫一個響亮的巴掌，突出了關漢卿的崇高形象。

朱簾秀是個光彩奪目的人物形象，她才藝雙全膽識不凡，把登台演出雜劇當作自己為民請命的使命，在共同排演《竇娥冤》中和關漢卿並肩作戰，從容不迫無所畏懼。一曲《蝶雙飛》"待來年遍地杜鵑紅，看風前漢卿四姐雙飛蝶。相永好，不言別。"是她的深情表白，悲憤激昂的歌聲唱出了兩人"發不同青心同熱，生不同床死同穴"的愛情，充分體現了女性剛烈正直俠義多情的優秀美好品質。

2. 詩意盎然的抒情效果

《關漢卿》以詩入劇，有許多有意境的歌唱性曲詞，唱詞優美，給話劇增添了濃厚的詩情。在第八場裏朱簾秀以半朗誦、半歌唱的方式表演《蝶雙飛》，"將碧血，寫忠烈，作厲鬼，除逆賊。這血兒啊，化作黃河揚子浪千疊，長與英雄共魂魄……"劇中詩與音樂的穿插，加強了話劇《關漢卿》的抒情性與詩意，使舞台籠罩在濃厚的抒情氣氛和浪漫情調之中。

3. 話劇民族化的創新

作者堅持將傳統戲曲的藝術手法融入話劇，採用在話劇表演中加入演唱的舞台表演方式，是話劇民族化的體現。田漢巧妙運用詩歌和音樂作為抒情藝術手法，在話劇中插入歌唱曲詞，除了第八場的《蝶雙飛》，在第十一場，朱簾秀還表演了《沉醉東風》，這些曲詞演唱起到了後來的影視劇中主題歌與插曲的作用，歌詞深刻地揭示了人物崇高的心靈美，昇華了人物的精神境界，深化了話劇的主題意蘊。音樂起到了渲染氣氛、烘托劇情的作用，產生了極其強烈的抒情效果，喚起了觀眾的共鳴，增強了戲劇效果和藝術感染力，為本劇增添了光彩。

課堂活動

1. 閱讀劇本或觀看演出，説説作者田漢筆下的關漢卿是個什麼樣的人，以及是如何刻畫描寫的。

2. 《蝶雙飛》採用了什麼文學手法？抒發了人物怎樣的思想情感？

3. 《蝶雙飛》突出了兩個人物怎樣的性格特色？

4. 你認為在話劇中插入歌曲表演能起到什麼作用？請舉出例子加以說明。

5. 小組討論，說說你如何看待話劇的民族化。

6. 你認為將戲曲元素融入話劇表演中如何才能起到更好的效用？

3.4 掌握劇本的文體特點

探究驅動

觀看老舍的《茶館》，說說這個話劇講述了一個什麼故事。

參考資源

本課參考資源可掃二維碼或登錄網站查看：jpchinese.org/ibmypa3

講解

劇本是供演員在舞台上演出的文學腳本。劇本主要由劇中人物的對話、獨白、旁白和舞台指示組成。劇本的基本特點是要突出舞台的表演性。

1. 時間、場景和人物要高度集中。時間、人物、情節、場景要高度集中在舞台範圍內。劇本中通常用“幕”和“場”來表示段落和情節。“幕”指情節發展的一個大段落。“一幕”可分為幾場，“一場”指一幕中發生空間變換或時間隔開的情節。劇本一般要求篇幅不能太長，人物不能太多，場景也不能過多地轉換。

2. 戲劇中的矛盾衝突要尖銳突出。沒有矛盾衝突就沒有戲劇。因為劇本受篇幅和演出時間的限制，所以要在有限的空間和時間裏反映尖銳突出的矛盾衝突。劇本中的矛盾衝突大體分為發生、發展、高潮和結尾四部分。矛盾衝突發展到最激烈的時候稱為高潮。

3. 劇本的語言要表現人物性格。劇本的語言包括台詞和舞台說明兩個方面。台詞，就是劇中人物所說的話，包括對話、獨白、旁白。獨白是劇中人物獨自抒發個人情感和願望時說的話；旁白是劇中某個角色背著台上其他劇中人從旁側對觀眾說的話。劇本主要是通過台詞推動情節發展，表現人物性格。因此，台詞語言要求能充分地表現人物的性格、身份和思想感情，要通俗自然、簡練明確，要口語化，要適合舞台表演。

4. 舞台說明，又叫舞台提示，是劇本語言不可缺少的一部分。舞台提示是以劇作者的口氣來寫的敘述性的文字說明，包括劇情發生的時間、地點、服裝、道具、佈景、燈光、音響效果，以及人物的表情、動作、上下場、形象特徵、形體動作及內心活動等。這些說明對刻畫人物性格和推動展開戲劇情節發展有一定的作用。這部分語言要求寫得簡練、扼要、明確。

作家名片

老舍（1899—1966）現代著名作家

老舍，原名舒慶春，字舍予，中國現代小說家、戲劇家，新中國第一位獲得“人民藝術家”稱號的作家。代表作有《駱駝祥子》《四世同堂》，劇本《茶館》《龍鬚溝》等。

作品檔案

《茶館》是老舍於 1956 年至 1957 年間創作完成的三幕話劇，1957 年 7 月在《收穫》雜誌創刊號上發表。《茶館》是老舍的代表作，被譽為中國民族化的話劇。著名的戲劇家、導演焦菊隱為話劇的表演創設了深具民族特色的美學風範，使話劇《茶館》成為了一種話劇民族化的藝術範式。1980 年《茶館》走出國門在歐洲巡演，被西方人譽為“東方舞台上的奇跡”。

課文

茶館

老舍

參考閱讀：《茶館》，南海出版公司，2010 年

課文分析

如何欣賞一個好的劇本

本課的學習目標就是運用我們學過的戲劇知識，深入理解賞析老舍的《茶館》這部優秀的話劇。

1. 一好的劇本首先應該講述一個有價值的好故事。《茶館》講述了一個具有社會歷史意義的好故事，這是這部戲劇成功的堅實基礎。老舍這個天才劇作家，將五十年的社會變遷濃縮在《茶館》的劇本中。作者以北京裕泰大茶館為背景，描寫了出沒其中的社會各個階層各種類型的人物，通過在戊戌變法、軍閥混戰和新中國成立前夕三個時代歷史時期五十來年的茶館中各色人物的人生經歷與變遷，展示出舊中國的動盪、黑暗與罪惡，揭示了半封建、半殖民地中國的歷史命運，對世人宣告了舊中國必將走向滅亡的歷史發展的必然趨勢。

2. 一個成功的劇本要有戲劇性。話劇獨特的表現形式要求它更具有戲劇性。戲劇性，就是強烈的戲劇動作和尖銳的矛盾衝突。《茶館》是由戲劇衝突而推動情節的發展。全劇只有三幕，表面上看起來沒有核心人物之間直接的、具體的衝突，但是劇中人物與人物的每一個衝突都暗示著人民與時代的衝突。這個衝突分散穿插在三幕劇中，雖然沒有完整的故事情節，但是貫穿在了全劇從清末戊戌維新失敗到北洋軍閥割據時期再到國民黨政權覆滅前夕的半個世紀，通過茶館裏各階級人物的性格特徵和命運變化，揭示人民與舊時代的衝突。這就是這部劇最獨特、最深刻的地方。

3. 一個好的劇本要設置巧妙的舞台場景。和小說、詩歌、散文等文體的創作不同，戲劇特為舞台演出而作，劇本的寫作受制於舞台、演員、觀眾的條件限制，因此如何將豐富繁雜的生活借用舞台的表演表現出來，是一個劇本成敗的關鍵。如何在時間和空間限制下營造出一個既有聽覺享受又有視覺美感的舞台空間是至關重要的。作者把這個舞台設在了茶館。他說：“茶館是三教九流會面之處，可以容納各式人物。一個大茶館，就是一個小社會。”這個“茶館”舞台，就是最巧妙地展示三個時代長達五十年的風雲變幻的最佳典型環境。

4. 一個好的劇本要設計極具特色的人物語言。看話劇欣賞台詞是一個重點。劇本的台詞有特殊的要求。作者不能敘述和議論，更不能引導讀者去理解人物，只能通過人物的交談把人物引上場，帶入環境和故事中。劇本寫作限制了各種修辭手法的運用，也包括各種豐富的描述。話劇是依靠演員說話來敘述故事的，任何有關觀眾需要知道的信息，都必須由人物的語言來傳遞。話劇中的“話”就是台詞，包括人物的語言、對話、獨白、旁白，是話劇的表現手段，擔負著向觀眾講述故事、介紹情節、交代人物關係和矛盾衝突的任務。

劇本對人物形象的刻畫，只能通過人物的語言體現出來，因此語言是揭示劇中人物複雜內心、塑造人物形象的重要手段。老舍根據主要人物的身份、地位、性格等因素給他們設定了具有他們性格特徵的語言風格，例如掌櫃王利發，他的語言是周到、謙恭的，和社會各界人打交道都能對答如流，既顯示出他的身份，也更反映出他處事圓滑的特點；茶館的常客常四爺的語言是豪爽耿直的，符合他正直、豪爽的性格特點。這些具有人物特色的語言風格使劇中人物性格更加鮮明，也增加了語言的藝術特色。

相關知識

劇本寫作的一般格式

劇名（題目）

作者名

- 舞台提示
- 時間
- 地點
- 事件
- 道具
- 背景
- 人物

  主要人物——主角基本描述（年齡、職業、個性、愛好等）

  次要人物——與主角關係及其基本描述

  人物關係——與前面人物關係及其基本描述

幕名

時間：某年某月某日

地點：某地

- 第一場

  正文

  起因、發展、高潮、結局過程清楚

  人物對話（人物的語言要極具個性，又富有動作性，才能有戲劇性）
- 第二場

  ……

【劇終】

課堂活動

1. 閱讀《茶館》劇本的舞台説明（舞台提示），回答下面的問題。

（1）這一部分文字提供給讀者哪些重要的信息？

（2）在你看來，這些説明對展開戲劇情節發展有怎樣的作用？

2. 閱讀下面的文章，回答問題。

談《茶館》

老舍

《茶館》這出三幕話劇，敘述了三個時代的茶館生活。頭一幕說的是戊戌政變那一年的事。今年又是戊戌年了，距戲中的戊戌整整六十年。那是什麼年月呢？一看《茶館》的第一幕就也許能明白一點：那時候的政治黑暗，國弱民貧，洋人侵略勢力越來越大，洋貨源源而來（包括大量鴉片煙），弄得農村破產，賣兒賣女。有些知識分子見此情形，就想變變法，改改良，勸皇帝維新。也有的想辦實業，富國裕民。可是，統治階級中的頑固派不肯改良，反把維新派的頭腦殺了幾個，把改良的辦法一概打倒。戲中的第一幕，正說的是頑固派得勢以後，連太監都想娶老婆了，而鄉下人依然賣兒賣女，特務們也更加厲害，隨便抓人問罪。

第二幕還是那個茶館，時代可是變了，到了民國軍閥混戰的時期。洋人為賣軍火和擴張侵略，操縱軍閥，叫他們今天我打你，明天你打他，打上沒完。打仗需要槍炮，洋人就發了財。這麼一來，可就苦了老百姓。這一幕裏的事情雖不少，可是總起來說，那些事情之所以發生，都因為軍閥亂戰，民不聊生。

第三幕最慘，北京被日本軍閥霸佔了八年，老百姓非常痛苦，好容易盼到勝利，又來了國民黨，日子照樣不好過，甚至連最善於應付的茶館老掌櫃也被逼得上了吊。什麼都完了，只盼著八路軍來解放。

這樣，這三幕共佔了五十年的時間。這五十年中出了多少大變動，可是劇中只通過一個茶館和茶館的一些小人物來反映，並沒正面詳述那些大事。這就是說，用這些小人物怎麼活著和怎麼死的，來說明那些年代的啼笑皆非的形形色色。看了《茶館》就可以明白為什麼我們今天的生活是幸福的，應當鼓起革命幹勁，在一切的事業上工作上爭取躍進，大躍進！

(1) 老舍如何將豐富繁雜的生活在有限的劇本中表現出來？

(2)《茶館》在哪些方面突破了"三一律"的法規？

3. 選讀一幕《茶館》，分析人物的對話，說說劇本語言有什麼特點。

4. 選讀劇本的一部分，從下面的人物中選擇一個你最感興趣的進行分析評論，並用 PPT 的形式在班級分享。（可以以小組為單位進行分享）

王利發、常四爺、松二爺、劉麻子

- 說說這個人物的主要特點。
- 作者用了哪些手法來塑造人物？
- 這個人物的語言有什麼特點？
- 這個人物在全劇中的意義作用是什麼？

5. 選擇身邊的一個小故事，試寫一個校園話劇的小劇本。

6. 交換劇本進行評議，選出優秀的作品進行排練演出。

第四課　賞析戲劇經典

4.1　領略《雷雨》的魅力

4.2　欣賞戲劇的人物塑造

4.3　體悟戲劇的語言魅力

4.4　熟知劇本改編的要點

4.1 領略《雷雨》的魅力

參考資源

本課參考資源可掃二維碼或登錄網站查看：jpchinese.org/ibmypa3

探究驅動

思考表達：如果你在文學作品中看到這些詞語會產生怎樣的聯想？説説看它們具有什麼象徵意義。

雷鳴電閃　疾風暴雨　陽光燦爛　晴空萬里　風和日麗　雲淡風輕

講解

《雷雨》在中國話劇發展史上具有里程碑的意義，它是中國話劇史上第一部現實主義經典作品、第一部多幕劇，富有創作技巧和典範性，為中國話劇的創作提供了一個經典範本。

《雷雨》是在西方現代派戲劇的直接影響下問世的。曹禺受西方悲劇的影響，充分借鑒和吸收了西方戲劇藝術的創作思想，採用西方古典戲劇形式，將劇本與二十世紀的中國現實緊密結合在一起，創作了《雷雨》，標誌著話劇這朵異域之花在中國的土地上扎根。此後，話劇這種外來的藝術形式才真正為中國觀眾所接受。《雷雨》具有經久不衰的生命力與影響力，直到現在仍然是一個上演不衰的經典劇目，為後世話劇的創作、文學劇本的創作、電影劇本的創作做出了重要貢獻。

《雷雨》的成功標誌著中國話劇藝術的成熟。

作家名片

曹禺（1910－1996）現代著名劇作家

曹禺，湖北潛江人，原名萬家寶，字小石，中國現代劇作家及戲劇教育家，1933 年完成處女作《雷雨》。繼《雷雨》之後，創作了《日出》《北京人》《原野》《蛻變》等劇本，被稱為"中國的莎士比亞"。

課文

雷雨・導讀（節選）

話劇是徹頭徹尾的"舶來品"。中國所謂的"劇"和"戲"是與話劇截然兩樣的東西，只要想一想元雜劇或者京劇的情形即可明白。話劇這一藝術形式在中國落地生根結出花果也經過了許多人努力，比如最早的旅日留學生組織的春柳社的話劇演出活動，比如文學界對易卜生戲劇的大力宣介，比如許多作家（胡適、田漢、洪深等）寫作劇本的最初創作實踐等等，無疑都是在營造著偉大劇作最終誕生的藝術氛圍。

《雷雨》所展示的是一幕人生大悲劇，是命運對人殘忍的作弄。專制、偽善的家長，熱情、單純的青年，被情愛燒瘋了心的魅惑的女人，痛悔著罪孽卻又不自知地犯下更大罪孽的公子哥，還有家族的秘密，身世的秘密，所有這一切在一個雷雨夜爆發。有罪的，無辜的人一起走向毀滅。曹禺以極端的雷雨般狂飆恣肆的方式，發泄被抑壓的憤懣，毀謗中國的家庭和社會。

《雷雨》確是才華橫溢之作，在戲劇藝術上臻於完美之境。首先，戲劇即衝突。《雷雨》的衝突設置在其自身的特色中起承轉合達到極致。《雷雨》的戲劇衝突具有夏日雷雨的徵候，開始是鬱悶燠熱，烏雲聚合，繼而有隱隱的雷聲，有詭譎的閃電煽動著漸趨緊張的空氣，忽地，天地間萬物止息，紋絲不動，靜極了，就在人剛剛覺察到異樣還來不及思忖，當頭響起一個炸雷，電閃雷鳴，雨橫風狂，宇宙發怒了。達到此種戲劇效果全憑劇作家牽動劇中人物之間"危險"關係。比如周萍，對父親是欺騙與罪孽感，對蘩漪是悔恨與懼怯，對周沖是歉然，對四鳳是希望振作，對侍萍是難逃宿命。在這種種關係的糾纏與衝突中，戲劇得以展開。曹禺設置衝突的高超技巧在於他讓各種矛盾環環相因，扣人心弦的同時，還做到了自然，因而使劇作獲得了真實的力量。但是一天之內讓三個人死掉、兩個人瘋了的劇情安排，無論如何還是令讀者和觀眾太過緊張了，曹禺意識到這一點，他彌補的方法是強調序幕和尾聲對於緊張情緒的舒解與安撫作用，並在以後的創作中轉而實踐契訶夫《三姐妹》那樣舒緩、抒情的戲劇理念。

其次，《雷雨》成功塑造了劇中人物。如果一齣戲沒有令人難忘的人物，那麼無論它的劇情衝突多麼緊張激烈都不過是一時的熱鬧。《雷雨》中的人物是豐滿而複雜的。即如周樸園，曹禺將他歸於偽善卻仍然還要為他分辨出剎那間幻出的一點真誠顏色。而對周沖，曹禺也細心區分著單純與癡憨，讓現實的鐵錘一次一次敲醒他的夢——曹禺指出——甚至在情愛裏，他依然認不清真實。他愛的只是“愛”，一個抽象的觀念。縱使現實不毀滅他，他也早晚被那綿綿不盡的渺茫的夢掩埋到與世隔絕的地步。可見人物可以單純，但作家決不單純。那麼年輕的曹禺就已經對人有這麼深刻的體察！當然，《雷雨》中最獨特最耀眼的人物是蘩漪。她是一個“最雷雨”的性格。她的熱情是澆不滅的火，上帝偏罰她枯乾地生長在砂上，她的美麗的心靈被環境窒息變成了乖戾。她有一顆強悍的心，她滿蓄著受著壓抑的陰鷙的力，她不是所謂的“可愛的”女性，她是辛辣的，尖銳的，她有她的“魔”，她的魅惑性。曹禺對於中國文學人物畫廊的貢獻不止一個蘩漪，像《日出》裏陳白露，《原野》裏金子等，都鮮活且富有個性。

《雷雨》具有一種詩意之美。這不單單得自文辭的優美，許多段落被人們反覆背誦，也不僅是得自劇中人物詩意的性格，或者也可以說，是所有這一切，包括舞台提示、角色分析，匯總而後升發出的一種形而上的氣質和品位。歷來有研究者將《雷雨》定義為“詩劇”。

幾十年來，《雷雨》被一代又一代人閱讀，被一批又一批演員排演，時光的淘洗不曾減褪它的華彩，它已成為中國現代文學的經典之作，被譯成多種文字，進入世界文學之林。繼《雷雨》之後，曹禺又創作了《日出》《原野》《北京人》，這些天才的創作都是中國文壇最美的收穫。

（選自《雷雨》，三聯書店（香港）有限公司，2001 年）

課文分析

《雷雨》用西方古典戲劇形式，講述了一個地道的中國故事。曹禺在繼承古希臘悲劇命運血統的同時，通過鮮明生動的人物塑造、新穎而跌宕起伏的情節安排、嚴謹而完美的結構設置，使《雷雨》成為中國現代文學史與戲劇史上的經典之作。

主題

《雷雨》的主題可以分兩個層次：

一，從家庭內部關係暴露封建統治的罪惡，反映封建專制主義對人的壓迫和摧殘。周公館是當時社會現實的一個縮影，錯綜複雜的家庭關係，暗示了社會不同階層的矛盾和鬥爭。作者對家庭和人的精神以及道德觀念的剖析，就是對封建社會進行倫理批判，是對封建社會制度和觀念的批判。

二，從對人類的命運的關注展示人的生存困境，劇中人的遭遇是命運對人的無情捉弄和人對命運的無情抗爭，戲劇的衝突，就是命運的難以把握和人類渴求把握命運之間的矛盾。因此，《雷雨》是家庭的悲劇，更是社會的悲劇。

象徵寓意

雷雨意象的選用是《雷雨》取得巨大成功的一個因素，雷雨象徵了中國社會的巨大變革將如同自然界的變化一樣不可阻擋，預示了半封建半殖民地沉悶的中國社會必將迎來一場驚天動地的疾風暴雨。《雷雨》講述了一個發生在“天氣更阻沉、更鬱熱，低沉潮濕的空氣，使人異常煩躁”的雷雨來臨前後的故事：一個封建資產階級大家庭的矛盾經過醞釀、激化，進入高潮，在雷電交加的狂風暴雨之夜崩潰了。

戲劇巧妙地用雷雨貫穿了整個故事的背景情節。故事情節的發展和夏日雷雨的現象並行，開始時烏雲密佈，空氣悶熱難當，隨後空氣的氣氛漸趨緊張，時不時伴隨電閃雷鳴，之後大雨驟至，雷電轟鳴；人物的性格與感情也被賦予了雷雨的特點，如蘩漪充滿憤怒與壓抑，最終走向變態極端。

《雷雨》用令人震撼的閃電，撕破了封建傳統道德的虛偽面紗，用狂風暴雨沖刷著中國舊社會的黑暗與罪孽。

三一律的結構佈局

三一律是西方戲劇結構的規則。“三一律”要求，必須行動、時間、地點統一。也就是說，一個劇本，只允許寫一個單一的故事情節，戲劇的行動必須發生在一天之內，而且故事必須在一個地點展開、結束。《雷雨》在結構和內容的安排上，完全遵循了三一律的創作原則，把兩個家庭的糾葛安排在了一個地點——周家的客廳，在一天24小時內進行，故事的時間、地點、人物高度集中，起到了震撼人心的效果。

課堂活動

1. 閱讀課文，回答下面的問題。

（1）話劇《雷雨》有哪些突出的特點？

（2）話劇《雷雨》對後來的影響主要體現在哪些方面？

（3）課文中提到了哪些戲劇作家？你知道這些作家和他們的作品嗎？查找資料，說說你所瞭解到的信息。

2. 研讀與分析

小組合作，仔細閱讀課文，思考並回答下面的問題，用課文中的例子和句子加以說明。

（1）為什麼說“話劇是徹頭徹尾的‘舶來品’”？

(2) 為什麼說《雷雨》“已成為中國現代文學的經典之作”？

(3) 為什麼說“《雷雨》所展示的是一幕人生大悲劇，是命運對人殘忍的作弄”？

(4) 為什麼說“《雷雨》中的人物是豐滿而複雜的”？

(5)《雷雨》寫出了哪幾類人物？誰是“最雷雨”的人物？為什麼？

(6) 為什麼說“《雷雨》具有一種詩意之美”？

(7)《雷雨》令讀者和觀眾太過緊張了嗎？曹禺用了什麼方法來彌補這一點？

（8）為什麼說《雷雨》劇中人物的關係是“危險”關係？

（9）《雷雨》的戲劇衝突具有什麼特點？

3. 查閱相關資料，說出自己的判斷，將答案內容以 PPT 的方式在班級分享。

（1）你認為是什麼最終將曹禺引上通往戲劇大師的藝術之路？

（2）什麼是“三一律”？三一律對話劇的結構安排以及舞台表演有什麼積極意義？

4. 人們說《雷雨》具有深刻的象徵意義，你是如何理解的？

5. 利用六要素初讀劇本《雷雨》，記錄要點，瞭解全劇的故事情節。

幕次	結構順序	內容情節記錄	要點／疑點／難點摘記
序幕	倒敘開始	時間： 地點： 人物： 事件： 場景： 情景： 氣氛：	

幕次	結構順序	內容情節記錄	要點 / 疑點 / 難點摘記
第一幕	開端	時間： 地點： 人物： 事件： 場景： 情景： 氣氛：	
第二幕	發展	時間： 地點： 人物： 事件： 場景： 情景： 氣氛：	
第三幕	發展	時間： 地點： 人物： 事件： 場景： 情景： 氣氛：	
第四幕	結局 （高潮）	時間： 地點： 人物： 事件： 場景： 情景： 氣氛：	
尾聲	回到 現在	時間： 地點： 人物： 事件： 場景： 情景： 氣氛：	

4.2 欣賞戲劇的人物塑造

參考資源

本課參考資源可掃二維碼或登錄網站查看：
jpchinese.org/ibmypa3

探究驅動

觀看《雷雨》話劇，完成下面的任務。

1. 用自己的話簡述一下這部劇的劇情，口述並錄音（1–2 分鐘）。
2. 畫出劇中的人物關係圖。

講解

戲劇如何凸顯主題

人物關係——戲劇性的衝突——戲劇性的情節——人物的性格展示——人物的命運結局——戲劇的深刻主題

人物關係的設置是整個戲劇的關鍵，也就是戲劇性的根源。錯綜複雜的人物關係推動了整個劇情的發展。理解了人物的複雜關係，釐清了人物之間的矛盾衝突，才可以看到人物的行動是如何推動劇情的發展，劇情又是如何展示人物的性格和命運的，不同人物的命運就呈現作品是如何以雷雨這樣的一個象徵寓意來揭示作品的主題。

課文

雷雨

曹禺

參考閱讀：《雷雨》，三聯書店（香港）有限公司，2001 年

課文分析

《雷雨》的人物關係

《雷雨》勾畫出一個資產階級家庭裏面錯綜複雜的人物關係，暴露出其內在的陰暗與醜惡。劇中有八個人物，他們的關係包括了世俗倫理認為的正常關係和非正常關係。

正常的關係：周樸園和周蘩漪的夫妻關係，以及他與兩個孩子的父子關係；魯貴、魯侍萍的夫妻關係，與魯大海、魯四鳳的父母子女的關係；周魯兩家的主僕關係；魯大海為首的工人階級同資本家周樸園的階級關係。

非正常的關係：周樸園和魯侍萍的特殊關係；周蘩漪和周萍的亂倫關係；周萍和四鳳的情人關係。

複雜關係：周萍和魯大海是兄弟又是敵對關係；周萍和四鳳是情人又是兄妹關係；周蘩漪和周萍既是母子又是情人關係；周沖和周萍都喜歡四鳳，構成了情敵關係。

這種不正常的荒唐的人物關係，是人物置身的特殊時期、不正常的社會現實的產物，是社會關係的縮影。這種關係構成了人與人之間的特別複雜的矛盾衝突，這些衝突勢必推動劇情的發展，在劇情的發展過程中又能夠充分展示出人物的性格特點，不可解決的戲劇衝突必然導致了最後的悲劇結局，揭示出人物的悲慘命運。

戲劇衝突

《雷雨》設置了多重激烈的戲劇衝突：

其一，周樸園與魯大海的矛盾——資本家與工人的矛盾，但同時又是不曾相認的父子之間的矛盾。通過血緣關係與階級矛盾的相互糾纏衝突，揭露了封建社會中資產階級家庭的罪惡。

其二，周樸園與蘩漪之間的矛盾——封建家長與渴望個性解放的女性之間的矛盾。

其三，周樸園與魯侍萍的矛盾——壓迫者與被壓迫者的矛盾。

此外，有蘩漪與周樸園的衝突，蘩漪與周萍、四鳳、周沖之間的衝突。

所有矛盾都集中在周樸園身上，因此他是這個戲劇的焦點人物。從這個角度可以理解《雷雨》的現實批判性。

人物形象分析

《雷雨》成功地塑造了個性鮮明的人物形象，蘩漪、周樸園、四鳳、周萍、魯貴等。其獨特之處在於：

1. 每一個人物都有自己的特點，雖不完美，但真實豐滿。作者讓每一個人都表現出了靈魂最深處的一面，最本質的一面。

2. 作品中人物是富於變化的，性格也是多方面的，所以就更具有真實性和感動人的力量。

《雷雨》中"最雷雨"（變化劇烈）的人物——蘩漪，最初的性格應該是傳統文化熏陶過的淑女，知書達禮，溫柔賢淑。嫁給周樸園之後，常年忍受周樸園專制冷漠的精神壓迫，變得鬱鬱寡歡，心如止水，對生活失去了信心，被寂寞的生活折磨得身心十分苦悶，可以用"喝藥"來比喻象徵。是周萍的熱情重新點燃了她的生命之火。接著懦弱的周萍受根深蒂固的封建倫理道德逼迫拋棄了她，讓她重回悲苦的生活中。於是，蘩漪從一個賢惠知書達禮的淑女變成了一個具殘酷報復心理的惡女人。

周萍也是一個善變的人。他感情豐富，暗暗和繼母勾搭，又愛上了僕人四鳳。

3. 對人物變化的把握與塑造表現出作品對當時新與舊的時代發展變化的深刻認識。

蘩漪是一個很有特色和個性鮮明的人，她是追求婦女解放、爭取獨立和自由的一種新女性的代表，所以敢於表達自己的情感，想要反抗自己的生存環境。

周沖有兩面性，直爽、直樸、善良、正義，有反抗精神，是當時受到新思想教育的一種新生力量。

魯大海作為工人代表，是推翻這個舊社會和家庭的中堅力量，但是他顯然不是作者最熟悉的那類人物，所以他的形象也比較單薄；魯大海與周樸園，從血緣上看，他們是父子；從階級關係上看，他們是你死我活的仇敵。在同周樸園的鬥爭中表現出他是一個覺醒了的工人，代表廣大工人群眾面對面地同周樸園談判鬥爭。他義正辭嚴地拆穿周樸園軟硬兼施鎮壓工人罷工的陰謀，揭露他製造事故淹死兩千二百個小工以發橫財的罪惡。他堅定、勇敢、無私、求實。魯大海與周樸園的對話，從社會生活的領域揭露了周樸園的反動階級本性。

侍萍是一個受侮辱、被損害的女子，是舊中國勞動婦女的形象，正直、善良、剛毅、倔強。

周樸園虛偽、自私、冷酷、殘忍，是一個地地道道的偽君子。魯侍萍與周樸園的對話，從私生活的領域揭露了周樸園的反動階級本性。

相關知識

什麼是"父權"

父權是封建家族的家長對其家族中一切人和物的最高支配權。它"幾乎是絕對的，並且是永久的"。父權無與倫比的權威體現在家族中的方方面面：

一是父權之生殺大權。古人云：父要子亡，子不得不亡。這說的正是父親基於父權掌控對子女的生殺大權。子女不敢半點兒違抗父權。

二是父權之絕對財產權。在中國封建社會裏，家長對家族財產具有絕對的財產權，子女充其量只能享有使用權，而絕對不能享有處分權。子孫擅自處分家財要承擔刑事責任。

三是父權之神聖不可侵犯。父母的人身權利不可侵犯。父母人格不可侵犯：常人相罵並不為罪，而子孫罵父母、祖父母卻是犯罪，按唐、宋、明、清法律當處絞刑。父母身體不可侵犯：子孫毆打父母（不論是否有傷及傷勢輕重），處以斬刑；誤傷、過失致父母死亡，法律不究子孫主觀是否有過錯，一律殺無赦。

在中國，父權的權威歷經封建社會兩千餘年而不衰，封建的歷史就是父權的歷史，直至 1911 年辛亥革命推翻滿清封建王朝，廢除"老爺""大人"等稱謂後，父權地位才在形式上被推翻。中國封建社會的主流社會意識——儒家思想是父權建立與維系的重要思想基礎。儒家宣揚"內則父子，外則君臣，人之大倫也"，教導人們"在家行孝，出門盡忠""忠孝一體，忠為大義，孝為小義"，即於家要嚴守父子之禮，不得僭越倫常而觸犯父權；於國要謹遵君臣之道，不得有損君威而冒犯天顏。

封建社會女性的家庭地位

舊社會中國女性的社會地位和家庭地位十分低下，"男尊女卑"。原因如下：

1. 被傳統的社會性別文化所造就——中國封建社會傳統的社會性別文化是："三從四德""三綱五常"。

三從四德：是中國古代到解放前婦女應有的品德，三從，未嫁從（聽從）父、既嫁從（輔助）夫、夫死從（撫養）子；四德，指婦德、婦言、婦容、婦功（婦女的品德、辭令、儀態、女紅）。

三綱：君為臣綱，父為子綱，夫為妻綱。"綱"在此處是做表率的意思，要求為臣、為子、為妻的必須絕對服從於君、父、夫。

五常：仁、義、禮、智、信，五常之道則是處理君臣、父子、夫妻、上下尊卑關係的基本法則。

三綱五常是中國儒家倫理文化中的重要思想，以此確立了君權、父權、夫權的統治地位，把封建等級制度、政治秩序神聖化為宇宙的根本法則。儒教通過三綱五常的教化來維護社會的倫理道德、政治制度。

2. 社會分工：男主外、女主內；相夫教子，女性經濟不能自主。

3. 婚姻制度：一夫一妻多妾，女性必須從一而終，夫死須守節，不能改嫁；"七出”，即女性只要有“不順父母、無子、淫、妒、有惡疾、口多言、竊盜”這七種行為之一，她的丈夫和家族就可以毫不客氣地結束婚姻——休妻。

4. 繼承制度：“父死子繼”“傳男不傳女”，這是以父系血親為中心的繼承制度，女性沒有繼承的權利。

課堂活動

1. 閱讀劇本，重新審視自己畫出的《雷雨》人物關係圖；分析 8 個人物的不同特點，選用 2-3 個詞語，形容每一個人物的特點，把詞語寫出來。

人物	形容性格特點的詞語
如，魯四鳳	活潑、單純、聰明、善良、矛盾

2. 劇情體驗。5 人一組，分角色扮演朗讀劇本第一幕“喝藥”片段。

樸：（四鳳端茶，放樸面前。）四鳳，——（向沖）你先等一等。（向四鳳）叫你跟太太煎的藥呢？

四：煎好了。

樸：為什麼不拿來？

四：（看蘩漪，不說話）。

……

樸：去，走到母親面前！跪下，勸你的母親。

[萍走至蘩漪面前。

萍：（求恕地）哦，爸爸！

樸：（高聲）跪下！（萍望著蘩漪和沖；蘩漪淚痕滿面，沖全身發抖）叫你跪下！（萍正向下跪）

蘩：（望著萍，不等萍跪下，急促地）我喝，我現在喝！（拿碗，喝了兩口，氣得眼淚又湧出來，她望一望樸園的峻厲的眼和苦惱著的萍，嚥下憤恨，一氣喝下！）哦……（哭著，由右邊飯廳跑下。）

3. 閱讀劇本，回答下面的問題。

（1）這一幕中，周樸園強迫周蘩漪喝藥時，周蘩漪、周沖和周萍各自有什麼反應？從中你看到周樸園是一個什麼樣的人？從這一場面可以看出周家各人的家庭地位是怎樣的？周沖和周萍各自的性格有什麼特點？

（2）周蘩漪對喝藥的反應在選段前後有怎樣的變化？我們如何從她的人物形象看出當時女性的家庭地位？

（3）為什麼說《雷雨》中的周樸園就是中國傳統封建社會中的“父權”制度的代表人物？

4. 閱讀劇本第二幕，回答下面的問題。

（1）在第二幕中，魯大海和周家三父子為礦工權利起衝突，四人的反應分別如何？請簡述經過。

（2）周樸園和魯大海是一對父子，但魯侍萍卻說：“他（大海）跟你（樸園）現在完完全全是兩樣的人。”根據你對作品的理解，他們有什麼不一樣？

(3) 周樸園和魯大海之間的矛盾衝突反映了怎樣的社會現實？在你看來，劇本塑造魯大海這個形象意義何在？

5. 創意回應：根據你對劇本的理解，解答下面的問題，並加以想象創意。

(1) 劇中的四鳳為什麼會死？作為讀者，你覺得她能不能不死？為什麼？設計一段四鳳在臨死前的內心獨白，表達她的情感。

(2) 周沖之死讓你想到了什麼？從讀者的角度說說看，如果沒有了周沖這個形象，這部劇的感染力會受到怎樣的影響？如果由你來設計周沖的結局，你會怎樣做？

(3) 魯侍萍和周蘩漪的遭遇有哪些相同與不同？主要原因何在？周樸園對她們做了什麼？他為什麼有權利這樣做？你認為周樸園這樣的人現在還有嗎？為什麼？

6. 分析批判

有人說，"《雷雨》嚴格遵守三一律，戲劇結構以及各種人物關係、矛盾衝突甚至細節都組織得完美無缺，但過於精緻也給人帶來脫離生活原態的雕琢感。"說說你的看法。

4.3 體悟戲劇的語言魅力

探究驅動

參考資源

本課參考資源可掃二維碼或登錄網站查看：jpchinese.org/ibmypa3

1. 什麼是潛台詞？
2. 請你從《雷雨》劇本中找一句潛台詞，引出原句並完成下面的問題。

（1）解釋為什麼這是一句潛台詞。

（2）說說這句話裏面隱含了什麼意思。

（3）說說潛台詞在戲劇中產生了怎樣的效果。

講解

話劇是語言的藝術

戲劇語言是戲劇的基礎，也是塑造人物形象的根本手段。戲劇通過戲劇語言來反映和推進戲劇複雜的矛盾衝突，從而展現廣闊的社會生活，反映深刻的主題思想。戲劇語言應該具有動作性、個性鮮明、潛台詞豐富、抒情性強且動聽上口、淺顯易懂的特色。

學習《雷雨》就是要理解和掌握戲劇語言如何塑造豐富的人物形象，推進戲劇複雜的矛盾衝突，刻畫人物的鮮明性格，揭示人物的內心情感。《雷雨》賦予人物充分個性化的語言，精彩的對白、獨白揭露出人物的性格特徵。

課文

雷雨・第二幕

曹禺

參考閱讀：《雷雨》，三聯書店（香港）有限公司，2001 年

課文分析

語言特色

1. 人物語言的個性化

《雷雨》中人物的語言不僅符合人物的身份，還隨著劇情的發展和人物思想感情的變化在用詞和語氣上相應有所變化。如，周樸園盛氣凌人，侍萍抑鬱沉穩，魯大海直接陽剛。

2. 精彩紛呈的人物對話

在《雷雨》第二幕的開場戲中，周樸園和魯侍萍這一場戲是敘述往事，表面看來，二人的對話波瀾不驚，但實際上卻是感情激流洶湧。魯侍萍欲說還休，周樸園不斷打探，兩人的對話構成了富有戲劇性的場面，一層層戳開了周樸園的假面具，一句句推動劇情向前發展，充分揭示出人物的內心世界，凸顯出了兩個人物的性格。

周樸園的話語帶著一副假惺惺的偽君子的腔調，掩飾自己三十年前始亂終棄的罪惡。他以為被他遺棄的侍萍早已投河自盡，卻不知道站在他面前的這個女人就是他口口聲聲懷念的梅侍萍；而歷經磨難的魯侍萍卻早已認清站在面前給自己帶來一生悔恨的周樸園。

劇中設計了許多精彩的多人對話場面，如周沖、周蘩漪、周萍三人之間的對話，將人物的性格做出對比，將人物之間的矛盾關係凸顯出來，並揭示了人物複雜的情感。

3. 靈活多樣的語言形式

吞吞吐吐間斷不接的表達：在這個劇中，魯貴總是有話不直說，躲躲閃閃，遮遮掩掩，把要表達的意思故意不和盤托出，而是點到為止。這種語言的表達方式突出表現了魯貴為人鬼鬼祟祟、狡猾自私、卑鄙無恥、不光明磊落的性格特點。

被迫中斷無法連貫的表達：魯大海當面揭發周樸園的罪惡時，他的話語被不時打斷，周家父子企圖阻止魯大海的揭發。在這種激烈的語言交鋒中，就清楚地展現出了兩種思想的矛盾衝突，突出了兩個階級、兩種勢力鬥爭的尖銳程度，渲染出極其緊張的氣氛。

4. 寓意豐富的潛台詞

"潛"是隱藏的意思，即語言的表層意思之內含有別的意思。所謂"潛台詞"，就是俗語所說的"話中有話""言外之意""弦外之音"。同一句話具有多重意思，在字面下隱含著另外的意思。通過潛台詞可以窺見人物豐富的內心世界。潛台詞的作用是使語言簡練而有味。在分析戲劇語言時，要透過人物的語言去挖掘出隱藏在人物內心深處的東西。

5. 清楚精當的舞台指示

清晰明確的舞台說明要對舞台佈景道具、演員服裝、人物的表情動作、人物的上下場等給予明確的指令，對於劇本的演出有重要的指導作用。如，周家客廳的佈景設計：是個闊綽豪華的資本家家庭，又有濃重的封建色彩。一個立櫃和上面觸目的大照片給劇情發展造成懸念，為劇情發展埋下了伏筆。又如，人物的服裝：魯侍萍上場，她的“衣服樸素，潔淨”“頭上包著一條白毛巾”，衣著反映出她的性格與身份。再如，表情：（周樸園）“汗涔涔地”顯出一副狼狽相；（周樸園）“驚愕”表現出他極度的恐懼和不安。

課堂活動

1. 閱讀與理解

（1）概括說說第二幕的內容結構。

（2）第二幕主要寫了幾個人物？人物間是什麼關係？表現了哪些矛盾衝突？

2. 分小組進行角色扮演，朗讀第二幕節選“魯侍萍重遇周樸園”。

魯：她不是小姐，她是無錫周公館梅媽的女兒，她叫侍萍。

樸：（抬起頭來）你姓什麼？

魯：我姓魯，老爺。

樸：（喘出一口氣，沉思地）侍萍，侍萍，對了。這個女孩子的屍首，說是有一個窮人見著埋了。你可以打聽得她的墳在哪兒麼？

……

魯：不是我要來的。

樸：誰指使你來的？

魯：（悲憤）命！不公平的命指使我來的。

樸：（冷冷地）三十年的工夫你還是找到這兒來了。

（1）根據你對劇本的理解回答下列問題。

周樸園把年輕時的侍萍說成是“小姐”，而且“很賢慧，也很規矩”，目的在於：

____

______________________________。

魯侍萍反駁說“她不是小姐，她也不賢慧，並且聽說是不大規矩的”，表面上否定自己，實質是：______________________________。

（2）對話如何揭示出人物的怎樣的內心？塑造出兩個什麼樣的人物形象？

（3）仔細閱讀周魯相逢，侍萍自敘悲慘身世的過程中，周樸園先後四次追問她的身份時二人的對話，分析人物語言的特點，並結合劇情分析周樸園的心理變化過程。

3. 為什麼說潛台詞是話劇的一個突出的語言特點？舉出一個潛台詞的例子加以分析。

4. 朗讀下面的句子，分析潛台詞的作用，其中作者使用了什麼修辭手法？這些潛台詞產生了什麼樣的效果和作用？

魯大海：放開我，你們這一群強盜！

周　萍：（向僕人們）把他拉下去。

侍　萍：（大哭起來）哦，這真是一群強盜！（走至周萍面前，抽咽）你是萍，——憑，——憑什麼打我的兒子？

周　萍：你是誰？

侍　萍：我是你的——你打的這個人的媽。

5. 二人一組，輪流進行角色扮演，朗讀下面的句子，並回答下面的問題。

魯大海：你叫警查殺了礦上許多工人，你還——

周樸園：你胡說！

魯侍萍：（至大海前），別說了，走吧。

魯大海：你的來歷我都知道，你從前在哈爾濱包修江橋，故意叫江堤出險——

周樸園：（厲聲）下去！

（僕人等拉他）說“走！走！”

魯大海：（對僕人），你們這些混賬東西，放開我。我要說，你故意淹死了兩千二百個小工，每一個小工的性命你扣三百塊錢！姓周的，你發的是絕子絕孫的昧心財——

周萍：（忍不住氣，衝向大海，重重打了他兩個嘴巴。）你這種混賬東西！

……

（1）當煤礦工人魯大海當面揭發周樸園的罪惡時，採用了什麼樣的語氣？表現出人物什麼樣的性格特點？

（2）為什麼周樸園和周萍急不可耐用各種手段阻止魯大海的發言？

（3）作者採用這種不斷打斷他人說話的語言技巧，突出了怎樣的戲劇效果？

6. 這一幕中“舞台說明”起到了什麼作用？

7. 閱讀魯侍萍上場時的舞台説明，從中你看到魯侍萍是怎樣的一個人？

8. 從下面的題目中選擇其一，做出回應。

（1）細讀第一幕開頭魯貴與四鳳的對話，分析其語言特色及藝術效果。

魯四鳳：（明白地，但是不知他鬧的什麼把戲）你心裏又要說什麼？

……

魯四鳳：前天晚上？

（2）細讀第一幕中，周萍、周沖、蘩漪三人的對話，分析其語言特色及藝術效果。

周萍：那我先回到我屋子裏寫封信。（要走）

……

周沖：別走，這大概是爸爸來了。

（3）細讀第三幕在四鳳家中周沖與四鳳的對話，分析其語言特色及藝術效果。

魯四鳳：你的心真好。

……

魯四鳳：你想得真好。

4.4 熟知劇本改編的要點

探究驅動

觀看電影《祝福》，完成下面的問題。

1. 寫出主要的故事情節。
2. 列出主要人物，畫出劇中人物之間的關係圖。

參考資源

本課參考資源可掃二維碼或登錄網站查看：jpchinese.org/ibmypa3

講解

劇本，一劇之本，就是專為戲劇表演所創作的腳本，劇本決定了戲劇的藝術性和思想性。優秀的劇本兼顧戲劇的文學性和舞台性，意蘊深刻情節生動，人物鮮明情感飽滿，形式新穎文采斐然，是戲劇成功的基礎與藍圖。我們身邊許多優秀的戲劇作品、影視作品都是由小說改編而來。我們需要瞭解劇作家如何將小說文字改編成戲劇語言並搬上舞台。

兩種文本的語境與受眾不同

小說與劇本都是在講故事，但是它們是兩種不同的文本，由於文本的目的與受眾不同，所以講述的方式、呈現給受眾的形式也截然不同：小說產品是印成紙本，或製作成電子書；戲劇產品是搬上舞台，成為電視劇、電影；小說以靜態的方式呈現給讀者，戲劇以動態的方式呈現給受眾；小說塑造人物依靠文字，戲劇塑造人物依靠人物的語言、行動；小說用形容詞來描述，戲劇用動作來展現；小說可用敘述者的語言，戲劇只能用人物的語言；小說不受時間場所的限制，戲劇必然受時間場所的嚴格限制。

改編時，需要仔細考慮人物活動的場景、人物的動作表情，用人物的對白呈現人物之間關係，營造出戲劇的衝突與氣氛。在細節上注意充分體現劇本的特點：場景設置，戲劇的時空轉變不可太大，要方便戲劇在時空固定的舞台上演出；人物設置，戲劇的故事主角通常是正面的，而反面的“對抗角色”也必不可少；人物性格，要靠“行動”和“語言”呈現，不是靠劇作者的解釋說明；台詞，戲劇觀眾無法忍受冗長的台詞，劇本語言要簡潔精確，能抓住觀眾。

要恰當運用劇本中常見的語言形式：

對話：發生在兩個或兩個以上角色之間，要突出人物的特點。

獨白：由一個角色講出，可以用來抒發主觀情感。

旁白：假定劇中人“聽不到”的語言，可以用他人（例如說書人）的聲音，也可由角色對觀眾或對自己說話，起到補充的作用。

提示語言：劇作家要用“（ ）”的方式，明確指出人物動作、表情或其他說明。

獨白：表達人物內心聲音與回憶感受之用，可以充分抒情。

作家名片

夏衍（1900–1995）現代著名劇作家

夏衍，原名沈乃熙，字端先，中國現代著名的劇作家，劇本創作和電影理論家。代表作眾多，尤以魯迅小說《祝福》、茅盾小說《林家舖子》改編的劇本成就突出。主要作品有《夏衍電影劇作集》《夏衍雜文隨筆集》《夏衍選集》《雜碎集》《生活、題財、創作》《懶尋舊夢錄》等。

課文

從小說《祝福》到劇本《祝福》

夏衍

……

改編工作一開始，首先碰到的一個難題是魯迅先生是否要在影片中出現？經過反覆考慮，覺得魯迅先生用“我……回到我的故鄉魯鎮”這種第一人稱的敘述法開始，是適合於小說之開展的一種方法，而小說中所寫的也並不是百分之百的真人真事，因此，魯迅先生在影片裏出場，反而會在真人真事與文藝作品的虛構之間造成混亂，所以就大膽地把這種敍述方法改過來了。

可是這樣一來，又遇到另一個問題，這就是原著中祥林嫂衝著魯迅先生問“一個人死了之後究竟有沒有靈魂”這一個驚心動魄的場面，也不能不割愛了。經過權衡之後，我保留了祥林嫂的這個疑問或者希望，而把它改為絕望中的自問式的獨白。

除此之外，改編時變動得較大，也就引起了一些不同意見的，計有三處：第一，祥林嫂捐了門檻之後依舊受到魯家的歧視，再度被打發出來，在這之後改編本加了一場戲，就是祥林嫂瘋狂似地奔到土地廟去砍掉了用她血汗錢捐獻了的門檻；

第二，祥林嫂被“搶親”之後，從反抗到和賀老六和解的那一場描寫，原作是在祥林嫂和柳媽的談話中帶到的，理由是“你不知道他力氣多麼大”，我把它改寫為由於祥林嫂從笨拙而善良的賀老六對她的態度中，感到了同是被壓迫、被作踐者之間的同情；

第三個問題較小，就是原作從賀老六之死到阿毛的被狼銜走，中間還有一段時間，在改編本中，我把這兩件事緊接地寫在一起了。

……

表面上看，祥林嫂是安分的、懦弱的、相信神鬼的，但決不能因為有這種情況而就斷定一個懦怯的靈魂就永遠不會發生反抗的意念和行動。事實上，我倒認為魯迅先生筆下的祥林嫂是一個反抗性頗為鮮明的人物。衛老婆子要出賣她，她用逃走來反抗；用“搶親”的辦法來強制她，她頑強的抗拒使一般人都覺得“異乎尋常”和“出格”。出格到什麼程度，原作有一段精彩的描寫：太太，我們見得多了：回頭人出嫁，哭喊的也有，說要尋死覓活的也有，抬到男家鬧得拜不成天地的也有，連花燭都砸了的也有。祥林嫂可是異乎尋常，他們說她一路只是嚎，罵，抬到賀家墺，喉嚨已經全啞了。拉出轎來，兩個男人和她的小叔子使勁的擒住她也還拜不成天地。他們一不小心，一鬆手，阿呀，阿彌陀佛，她就一頭撞在香案角上，…… 直到七手八腳的將她和男人反關在新房裏，還是罵，阿呀呀，這真是……

這決不是做作，這決不是為了對付“人言”的表演，這反抗是有決心的，這是決絕的、拚死的行動，這也就是深深地埋藏在“弱者”靈魂深處的反抗的性格。祥林嫂有決心用死來反抗現實的吃人社會的迫害，就是這個祥林嫂，難道永遠會是神權下面的不抵抗的奴隸麼？

反對這一場戲的另一個理由，說祥林嫂既然砍了門檻，既然對封建統治的無限權威——神，表示了決裂，那麼為什麼在故事結尾的時候還會懷疑到究竟有沒有靈魂？這種說法，我認為也不免把人的思想感情的變化起伏看得太簡單了。

要和千百年來的因襲決裂，要和世代相傳、深入人心的觀念決裂，決不是一次反抗或者一個回合的決鬥就可以徹底解決的問題。特別是砍門檻這一舉動，按情理也只能是祥林嫂處身在失望、痛苦之極而爆發出來的一種感情上的激動，而感性的突發行動並不等於理性上的徹底認識，這種情況在我們日常生活中常常會碰到，這道理也應該是不難理解的。我特別注意到魯迅先生原作中的一段話：但在此刻，怎樣回答她好呢？我在極短期的躊躇中，想，這裏的人照例相信鬼，然而她，卻疑惑了，——或者不如說希望：希望其有，又希望其無……

這是一個人在現實社會失掉了一切希望以後的、對於不可知的未來的一點點希望。而我想，這裏的疑惑和希望，都不是消極的，而相反的是積極的；決不是屈服的，而相反的是反抗的。這種心理，看過戲曲《情探》中的“陽告”、“陰告”和“宋十回”中的“活捉”的人，都可以理解的。

第二個問題，我作了一些改作的理由很簡單，就是讓祥林嫂一生中也經歷和體會到一點點窮人與窮人之間的同情與理解，並在這之後的一段短短的時間內真有一點“交了好運”的感覺，藉此來反襯出緊接在後面的突如其來的悲劇。當然，這之外我也還有另一個想法，就是我認為用“力氣大”來解決問題不僅銀幕上不好表現，容易流於庸俗，同時也可能會傷害到賀老六這個樸質而又善良的獵戶的性格。這是我個人的主觀想法，這樣處理是否妥當，這之外還有什麼更恰當的方法，我很希望聽到朋友們的意見。

第三個問題，我寫的初稿是按照原作的程序，賀老六之死和阿毛的被狼銜去之間還有一段時間，可是，當初稿寫完之後，替導演著想，我覺得這一個"時間過程"比較的難於處理。當然，單從技術上看，處理這個時間過程有各種辦法，一般來說用幾個短短的鏡頭來表示就可以了，可是，在兩個悲劇高潮的頂點中間不論加什麼情景，在這個具體情節中，我總覺得會使節奏鬆弛，而削弱應有的悲劇效果的。

……

（選自《夏衍自傳》，江蘇文藝出版社，1997 年 12 月）

課文分析

從小說到劇本

1956 年，北京電影製片廠拍攝出了建國後第一部彩色故事片《祝福》，劇本由夏衍將魯迅的同名小說改編而成。此作非常成功，堪稱小說改編劇本的典範之作。

小說原著是劇本的基礎，劇本決定了戲劇的成功。魯迅的《祝福》是一個短篇小說，它具有引人注目的人物形象、引人入勝的故事情節以及深刻的思想意蘊，奠定了電影改編的基礎。劇作家夏衍根據作品的精神和主題特點進行了再創造，使人物更加完整豐富，故事更加生動感人，場面更加扣人心弦。劇本更好地表現了原作的精神，也易於觀眾的理解和接受。

劇本忠實地傳達了魯迅小說的主題思想，表達了受封建制度壓迫的中國婦女最深沉的悲哀和痛苦，表達了魯迅對於封建階級強烈的憎恨，對中國農村婦女悲慘命運的深情關注；把小說的文字語言改編成符合要求的戲劇語言，無論是敘述部分，或是對話以及情景說明，都突出了具體明了的"可視的"戲劇舞台藝術形象；對小說的結構進行了必要的調整編排，保持了戲劇嚴謹的結構。劇本保持了小說原作純樸自然的風格特色。

課堂活動

1. 溫故知新，思考比較舉例說明。

比較項目	解釋說明	事例
小說怎樣講故事？		
戲曲怎樣講故事？		
劇本怎樣講故事？		

2. 仔細閱讀課文，回答問題。

（1）作者在改編中碰到的一個難題是什麼？他是如何解決的？

（2）作者說“改編時變動得較大，也就引起了一些不同意見”。請根據課文內容解說這些不同意見是什麼？作者採取了哪些處理辦法？

3. 作者對主要人物祥林嫂有怎樣深刻的理解？他認為祥林嫂性格最突出的特點是什麼？

4. 為了塑造祥林嫂的形象，作者設置了哪些典型的情節？通過人物的哪些語言和行動進行刻畫？

5. 在改編的過程中，作者說他對原作進行了哪些取捨？劇中增加了哪些情節和人物？為什麼？效果如何？

6. 在改編的過程中，作者在結構上做了哪些改變？為什麼？效果如何？

7. 說說看劇本的形式與小說有什麼不同。

8. 選擇一個由文字文本（包括童話、成語故事、小說等）改編的劇本進行閱讀分析，寫一篇閱讀報告，說出你認為改編成功的部分，並在班級分享。

9. 小組合作，選一個自己喜歡的文學文本（包括童話、成語故事、小說等）進行戲劇改編。

改編步驟

- 選定小說作品，小組討論，明確作品的主題思想及風格特點；
- 仔細考慮人物活動的場景，考慮人物活動的環境，確定場幕次數；
- 場景設置：方便舞台演出；
- 人物設置：確定戲劇主要人物、次要人物，把握人物的性格特點；
- 在細節上注意到劇本的特點：用人物的對白呈現人物之間關係，營造出戲劇的衝突與氣氛；
- 恰當使用劇本語言發揮各自的作用，塑造人物，展示衝突；
- 設計提示語言、對話、獨白、旁白；
- 選用精當的意象，賦予劇本象徵寓意。

評分標準

- A. 忠實地傳達了文字文本的主題思想（1–8 分）
- B. 對文字文本的結構進行了必要的調整編排（1–8 分）
- C. 把文字文本改編成符合戲劇要求的呈現方式（1–8 分）
- D. 恰當地運用了豐富生動的戲劇語言（1–8 分）

單元反思

A 單元核心概念理解

通過學習古今中外多種形式的戲劇作品，賞析戲劇作為一種綜合舞台藝術對人類社會形象生動的展示，來理解本單元的核心概念——創造，我發現：

- 戲劇是對__________的藝術再現，__________生活，__________生活，__________生活。戲劇的內容總是受到特定的__________制約，所反映的是特定時代的__________，而戲劇__________的設置與__________形式也必然受到不同民族文化傳統的__________。中國古代的戲劇和西方戲劇具有不同的__________，呈現出各自的__________和__________。
- 本單元中每一部經典的戲劇作品都是劇作家扎根在自己深厚的民族文化根基之上，__________、__________、__________多種不同元素和藝術形式創造出來的。劇作家通過__________的設置，凸顯__________，展現時代社會中的現實問題，表達自己對人生和社會的關懷。戲劇藝術的創作__________人類社會的發展。每一部作品都體現出劇作家獨特的__________、審美__________和藝術__________。
- 在學習欣賞的過程中，我瞭解了影響戲劇的__________，掌握了欣賞戲劇的基本__________，感受到了戲劇藝術創造的__________，加深了對“創造”這一核心概念的理解。

B 單元核心內容理解

1. 這個單元的主要內容是什麼？

2. 你學會了什麼？你認為學到的東西有什麼用處？

3. 在這個單元的學習中，你最大的收穫是什麼？

4. 在這個單元的學習中，你遇到了哪些問題？解決了嗎？是如何解決的？

5. 這個單元你最喜歡的作品是哪部？為什麼？

視覺形象設計 靳劉高創意策略
責任編輯 郭 楊
書籍設計 道 轍
排 版 楊 錄

書 名 國際文憑中學項目語言與文學課本三（繁體版）
IBMYP Language and Literature Textbook 3 (Traditional Character Version)

編 著 董 寧

出 版 三聯書店（香港）有限公司
香港北角英皇道 499 號北角工業大廈 20 樓
Joint Publishing (H.K.) Co., Ltd.
20/F., North Point Industrial Building,
499 King's Road, North Point, Hong Kong

發 行 香港聯合書刊物流有限公司
香港新界荃灣德士古道 220-248 號 16 樓

印 刷 中華商務彩色印刷有限公司
香港新界大埔汀麗路 36 號 14 字樓

版 次 2023 年 8 月香港第一版第一次印刷

規 格 大 16 開（215 × 278 mm）240 面

國際書號 ISBN 978-962-04-4211-7